胡仲凱 著

推薦序*

演員／姚愛寗

第一次和《逆手刀》相遇，它還是學生製片的腳本。

因為小時候非常喜歡看推理小說和偵探卡通，甚至想過長大想要當偵探，所以當劇組來問，就很快答應去試鏡小梅這個角色，重點是還可以練武，真的很開心！不管最後我總覺得有些遺憾沒詮釋好這個角色，但我的確是第一次看見腳本的時候就愛上小梅了。

後來因為角色需要練習空手道，加上拍攝期，前後幾乎整整一個月都和劇組相處在一起，發現導演跟我一樣都很喜歡看推理小說，然後半開玩笑地強迫他把劇本改成小說，而他也真的寫出來了。這個人真的很奇妙，我常常心裡這樣想。喜歡推理小說，就自己寫了一個懸疑劇本；喜歡中島哲也，就自己當導演把《逆手刀》拍出來；喜歡日本，就非要讓小梅穿上日本女高中生的制服；說要他寫小說，就真的在半年內把它寫出來了，而且現在，《逆手刀》真的要出版了。我想他是一個男版的小梅，對自己想做的事情的執著成就了這個故事的誕生，我很謝謝他讓我用小梅的身份活過一次。

* 本文含有劇透，建議介意的讀者待全文閱讀完後再行參閱。

小梅看似一個很難出現在現實中的角色，《逆手刀》裡賦予她在七宗罪所代表的「傲慢」，是基於她天生的聰穎，她聰明並且有著可以鑽研事情的執著；對別人有一套自己觀察和理解批判，就算內心有任何的情緒波動都被壓抑在可愛但嚴肅的外表之下，她一切的一切都只信任自己，衍生出傲慢的罪行。人如果只相信自己，只用遠觀的方式和別人相處，而不身在其中，將情感隔上一面牆，就會對真相有所扭曲。然後有一天，發生了超越她平日裡所能理解的考驗：一切都發生得太快太突然，爸爸不見了、爸爸是我所想的那樣嗎、然後爸爸死了。

學習武術的初衷是想保護自己愛的人，暫時結束看似因為無法守護心愛的人，其實聰明所帶來的傲慢和天賦，都不及和愛的人之間能有過的相處。小梅會回到道場上的，等她找到了答案，等她理解更多情感，等她接受自己不用一定要贏過任何人、接受自己也是個平凡人的那一天。

《逆手刀》醞釀的時間差不多兩年，一切都會在最適合的時候出現，不用完美，重要的是過程。

2017年12月　小梅／姚愛寗

好評推薦

高中是人生當中看似擁有一切的巔峰階段，那段時光充滿了透明縹緲、熱情洋溢並且倏忽即逝的事物，某些人能夠盡情地謳歌青春；某些人則會在此初次體認到現實或許並不如以往想像中那般美好——儘管如此，即使跌跌撞撞，即使滿身泥濘，即使狼狽不堪，依然會朝向當初親自決定的未來昂首邁步。

——佐渡遼歌，《晴空莊的夏日》作者

畫面感十足的俐落敘事，讓人忍不住一口氣手刀看完！

——Neo，《行屍別哭》作者

如果得知摯愛的親人是個人面獸心的混帳
那麼，就算他身陷危險
還是願意不顧一切地解救他嗎？

序章

司廣剛從律師事務所辦完事情離開，他從一棟白色的建築物走出。強烈的陽光穿透雲層照射到地面，雖說是豔陽高照，但還是得穿上一件薄外套才不會感到寒冷，時序已進入冬季，路樹的枯葉正逐漸飄落。

司廣看了手錶，現在是中午十二點十分，他打算找附近的餐廳解決今天的午餐。他沿著人行道走著，四處張望附近店家的招牌。

這時，他與一位女人擦肩而過，雙方都停下腳步回頭望向對方。即使人行道上還有其他路人，他們的眼中只注視著彼此的身影。

「妳怎麼會在這裡？」司廣對女人問道。

「剛好有事來到附近，你也是一個人嗎？」

兩人轉身面對彼此，司廣以點頭代替口頭回答，女人便又開口說道：「那要不要一起吃個東西？你應該也在找吃的吧。」女人露出一抹淺淺的微笑。

「可是以我們現在的身分……」司廣的表情顯得有些猶豫。

「身分怎麼了嗎，就只是吃個東西而已。」女人有點半強迫的語氣，卻又表現得就算拒絕也沒關係。

司廣在原地躊躇，猶豫了半晌，最後還是答應了女人。

「我知道前面有一家不錯的義大利餐廳，就去那裡吧，好嗎？」女人用大拇指指著自己背後的方向。

司廣又點了一次頭，女人隨後轉身邁開步伐，說了一句：「走吧。」

司廣跟上女人的腳步，微風輕輕拂過，女人的頭髮隨風飄起。司廣看著女人的背影，某種情感似乎也跟著被拂起。

路途上，兩人並沒有並肩走在一起，而是由女人走在前方帶路，一路上並沒有多餘的攀談。

司廣不知道該如何形容此刻的心情，他想開口說些什麼，卻又覺得可以待會到了餐廳後再說。

走了不到五分鐘，他們抵達了女人所說的義大利餐廳，招牌是簡單的綠、白、紅三種顏色的配色，上面寫著一串司廣看不懂的英文字母，大概是義大利文吧。

進了餐廳內，他們選了靠門口的位子坐下，不過實際上應該說是由女人選的位子，兩人面對而坐。店內的空間大約二十坪左右，客人不算多也不算少，除了他們以外，店內還有五桌左右的客人。

服務生走到他們的桌前，兩人都專心地看著菜單，最後，司廣點了焗烤義大利麵和紅茶，女人則點了奶油培根焗烤飯和奶茶。

「好的，請稍等喔，餐點馬上好。」說完，服務生便離開他們桌前。

司廣從位子上起身，他告訴女人他要去一下洗手間。

過了約三分鐘，司廣從洗手間回來後，紅茶已經先送到了他的座位上，奶茶也已經擺在女人的桌前。

坐下沒多久，或許是因為一直看著女人的臉會讓他感到尷尬，司廣的目光放向窗外。窗外停了一輛計程車，這輛車在他們剛到的時候還沒有出現在這裡，應該是哪個正準備離開的客人叫的。司廣又轉頭環顧店內，卻沒有看到有哪一桌的客人已經用完桌上的餐點。

他不以為意，伸手拿起桌上的紅茶喝了一口。

在紅茶吞下肚不久，他突然感受到一陣暈眩，一股強烈的睡意伴隨著頭痛襲來，他的意識越來越模糊。

這裡是哪裡？我是來這辦事情的？不對，我是來吃飯。

他聽到有人正在呼喊他的名字。

「司廣，司廣……你還好嗎……」

司廣使盡力氣按住自己的太陽穴。是小梅的聲音，不對，這不是小梅，是誰？我到底在幹什麼？

他全身使不上力，眼前變得一片漆黑。

1
1

1

傍晚六點多，地面還有些積水，仔細一想，到十分鐘前的確一直有雨滴打落在屋瓦的聲音，可能因為練習的太認真所以沒有特別注意。

小梅結束了空手道的練習走出道場，今天天氣似乎比平常還冷一些。她穿著學校的長袖制服，是以白色基底配上深藍色領子和領帶的水手服，沒有加任何毛衣或外套，背著深藍色的書包和藍色的運動背包。小梅深吸一口氣，雖然冷得刺鼻，但因為剛下完雨的關係空氣顯得格外清晰。

「小梅學姊再見。」幾位學弟妹紛紛從道場走出與小梅道別。

小梅僅以點頭回應後輩們崇拜的眼光。

從道場走到公車站大約需要五分鐘的路程，公車站就在道場正門的左後方，出門後繞過道場保持直行就可以到達。

小梅攔下公車，車內擠滿了乘客，剛結束社團活動的學生、剛下班的上班族以及買完菜準備回家的家庭主婦，其實她並不喜歡擁擠的空間，不過今天這樣也好，人多的時候站在一起比較不會冷。

小梅在離家步行約十分鐘路程的站牌下車，這一帶不像大都市的交通那麼熱鬧，但生活機能對於一般人來說已經相當足夠，餐廳、便利超商、藥妝店、診所，該有的都有。

小梅走進「朝陽町」，那是她最愛的餐廳。內部是日式簡約裝潢，其中一面牆上貼了滿滿的便利貼，上面是客人用餐時留下的心情語錄或是隨興的塗鴉，只要來這裡用餐的客人都可以留言，便利貼和各類的筆都放在那面牆前面的小桌子上。

剛走進沒幾步，小梅對著櫃檯的老闆娘大聲喊道：「阿姨，外帶兩份咖哩飯。」

在進家門前，她必須準備好今晚的晚餐。

「練習結束了嗎？今天外面很冷欸，要注意身體喔。」老闆娘熱情地問候。會被這麼關心，大概是因為老闆娘看到小梅身上只穿著學校的制服，並沒有搭配任何外套或是圍巾之類的保暖衣物。另外，對老闆娘來說，小梅就如同自己的女兒，自從十年前餐廳在這開張，父親司廣就常常帶小梅來光顧，小梅也深深愛上這裡的咖哩飯。

「沒什麼啦，走幾步路就不冷了。」就算真的覺得冷，小梅並不會直接說出口，她不是會輕易低頭認輸的人，就算對天氣也一樣。

等待餐點的時間，小梅都會望望牆上那些便利貼，內容不外乎都是好吃、下次還想來之類的留言，然而有三張便利貼總是吸引了小梅的注意。

三張便利貼的位置非常相近，它們被貼在不起眼的角落，橫排並排著。雖然因為書寫工具不同，所以推測出是不同天寫的，但從字跡和內容來看，可以明顯看出是出自於同一人之手。內容由左至右分別是「想無憂無慮的過日子」、「要是可以住在城堡就好了」、「想要很多很多的錢」，每張書寫方式都是橫書由左至右，字體圓滑可愛。

寫下這些內容的大概是個公主病患的不輕的少女，整天只有不切實際的想法，空想著想要生活過得多好——小梅如此心想。

小梅把視線從那三張便利貼轉移到店內，她觀察著店內的客人，今天到店裡用餐的人也不少，有帶著孩子的父母、穿著制服的學生、頭髮花白的老年人，幾乎坐滿所有位子，的確，這裡的口味很符合大眾的喜好，所以顧客的年齡層相當廣泛，而且只要跟老闆娘說一聲，要稍微調整口味也沒問題。小梅巡視了店內一圈，並沒有看到感覺像是便利貼主人的人。

「小梅，便當做好了喔，趁熱趕快拿回家和爸爸一起吃吧。」老闆娘把便當裝到塑膠袋內，雙手提起交給小梅。

「謝謝阿姨。」小梅結完帳便快步離開。

家裡距離「朝陽町」很近，只要過個馬路就到了。

小梅住的是透天住宅，雖然屋齡有十年以上，但外觀還相當乾淨，門口有很大的車庫，大小足夠停下兩輛休旅車，但現在並沒有停放任何車輛。大門旁是大面的落地窗，平常都會把窗簾拉上。

過了馬路後，一名小男童正在轉角嚎啕大哭，看上去只有三歲左右，原本小梅不想多加理會，但蹲在小男童身旁的女學生卻以求助的眼神望著小梅，這種眼神就像是班上同學遇到困難的題目時向小梅求助的眼神，小梅才只好上前詢問。

「怎麼了？」

「他好像走失了，剛剛一直喊著要找媽媽。」女學生輕拍著男童的肩膀邊說。從女學生穿著的制服來看，是一所離這裡有點距離的普通高中。

小梅瞧了一眼已哭花臉的男童，淡然地說：「帶他去派出所啊。」

「其實剛剛才打電話給派出所，警察叫我們在原地等。」女學生擺著懊惱的表情，「他哭一直停不下來，怎麼辦呢？」

小梅在男童面前蹲下，諦視男童。

「在這裡等我一下。」雖然小梅的視線仍在男童身上，但她是在對女學生說。

小梅起身後沿著街道離開了男童和女學生身邊，她邁著較快的步伐穿過一間間店家，又轉了幾個彎後在某間美容院前停下腳步，路途不遠，但也不算近。

小梅踏進美容院，除了摩肩接踵的客人外，她立刻注意到一名神色慌張的婦人正與店員交談著什麼。婦人的頭上還蓋著染髮用的保鮮膜。

「請問需要什麼服務嗎？」另一名店員上前招呼小梅。

小梅不理會招呼，直接走向那名婦人和店員，不急不忙地對他們說：「是小孩走丟了嗎？」

一聽到小梅這麼說，婦人瞪大雙眼將注意力全部集中在小梅身上。

「妳知道我的小孩在哪裡嗎？在這附近都找不到。」說話的同時，婦人不斷跺著小碎步，「我明明叫他乖乖坐著等我的。」

小梅在內心嘆了一聲氣，接著帶著婦人沿路回到遇見男童的地方，路途中，婦人始終維持著焦急不安。

從遠處看到男童時，女學生依然蹲在男童身旁安撫他。

「找到你媽媽了喔。」小梅喊道。

婦人和男童一見到對方的身影便快步跑向對方，男童的哀泣緩和，婦人則蹲下抓住男童的雙臂，忍不住責備兩句，但能感受到她鬆了一口氣。

小梅冷靜地看著，並和女學生接受到婦人頻頻的道謝。女學生的表情就像在說「太好了」。

婦人拉著男童的手走向美容院的方向，男童的另一隻手正擦拭著眼淚。

「妳怎麼找到他媽媽的啊？」女學生一副不可思議地問。

小梅淡然回應：「那個小孩的脖子和領口周圍沾著一些很短的毛髮，我猜他應該剛剪完頭髮，才想說可以去美容院問問看。」

「我都沒注意到欸。」女學生恍然大悟。

事實上，光憑這點還不足以讓小梅產生前往美容院的動機。還有一項因素是小梅從未在這附近見過那名男童，可以確定他不是附近的居民。

而小梅知道那家美容院的設計師手藝精湛，常有外地的客人聞名而來，她自己就是常客。因此她推測，從外地來的母子到那家美容院光顧，男童在剪完頭髮後擅自跑出店外，正在做頭髮的母親及忙碌的店員皆未在第一時間注意。

但小梅沒再對女學生多解釋，她覺得沒有必要。

這時，兩位騎著機車的警察才趕到，小梅便對女學生說：「那我先走嘍。」

突如其來的事情順利解決，小梅和女學生道別後又踏上歸途，距離到家只需要再走幾步。

進到家中，一進門就是客廳，室內全暗，她打開了客廳的燈後把剛才買的便當放在客廳桌上。

看來爸爸還沒到家。

小梅走上二樓的房間，一樣先打開了燈，她把書包和運動背包往地上一丟，換上較輕便的衣服後跳上床鋪，身體呈大字型，一整天學習和練空手道的疲勞頓時消除，她大口地呵了一聲氣。

小梅猜想父親司廣大概是去和同事應酬，不久後就會回來了。

司廣是私立夕山高中的國文教師，因為下班後他偶爾會和其他老師去吃飯聊天，所以小梅並沒有特別在意。

眼前的白色光點慢慢聚焦，小梅緩緩睜開眼睛，看著天花板的鎢絲燈泡，她不知道自己何時睡著的，也不知道睡了多久。

小梅從床上坐起，意識還很朦朧，她看了牆上的時鐘，竟然已經八點半了，到家的時間大約是七點多一點，也就是說小梅已經睡了一個多小時。

小梅下樓到了客廳，便當依然擺在桌上，依現在的氣溫大概已經冷掉了。

小梅巡視家中，沒有看到司廣的身影，「爸。」她對著家中大喊，沒有人回應，看樣子司廣到現在還沒有回來。

小梅回到房間拿了手機後又回到客廳，她把手機放在桌上，從塑膠袋內把兩個便當都拿出來，已經感受不到任何溫度，但還是散發出濃濃的咖哩香，她走到廚房把其中一個便當放進冰箱，另一個則倒進家裡用的盤子後放進微波爐微波。

等待微波的時間，小梅回到客廳拿起手機，她坐在沙發上撥打了司廣的號碼，鈴聲在耳邊響起，但一直沒有人接聽，響了幾聲之後鈴聲便斷了，「您撥的號碼沒有回應，請……」聽到這裡，小梅就把電話切斷，接著重複撥了好幾通，但都是一樣的結果。

微波爐發出嗶聲，小梅生氣地把手機往沙發上丟，沙發的彈性使手機彈了幾下，她走到廚房拿出已經熱騰騰的咖哩飯。

早知道就不幫他買飯了。

小梅在客廳吃著咖哩一邊看著電視，看的是無聊的綜藝節目，事實上她並沒有認真看，只是不想讓家裡太安靜而已。

當天晚上，小梅又試著撥了好幾通電話給司廣，但終究無人回應。

時間已經凌晨一點，司廣還是沒有回家。

2

再過一個星期就是聖誕節了，大部分的學生都在計劃該如何過節，阿弘則獨自在學校的頂樓吃著肉包。他坐在地上，看著陰霾無光的天空，數個細小的塵埃從他眼前隨風飄過。

阿弘拿出手機看了一下時間。十二點三十分。

嗯，差不多了。

他離開頂樓後直接走出校門，事實上，現在根本不是放學時間，但警衛沒有攔住他，只是苦苦地嘆了一聲氣。校內的師長幾乎都知道阿弘是夕山高中最管不住的學生，所以放任而為，頂多偶爾對他口頭勸導，做做表面工夫。

而他們班上的同學們也與他毫無交集，他並不喜歡多費口舌去交朋友。

走出校園，阿弘騎著自行車到他打工的工地，路程約莫半小時，雖然有點距離，但他慶幸不是在學校附近，以免製造不必要的譁然。

阿弘走進工地，工地是建設到一半的辦公大樓，他脫下制服後換上破舊的襯衫和牛仔褲，書包一丟便戴上安全帽開始工作。他只負責簡單的打雜，搬運水泥、磚頭，或是幫工地的師傅們跑腿。

裝滿水泥的推車推到一半，一個厚實沉穩的聲音叫住阿弘。

「阿弘，過來一下。」工頭杉銘站在遠處。阿弘聽到後便放下推車往杉銘的方向走去。杉銘是個年約五十歲的中年男子，身高不高但卻非常壯碩。

「辦公室的桌上有你愛吃的肉包，下班後就直接拿些走吧。」杉銘指著後方辦公室的方向。

「我會全部拿走的。」阿弘帶著開玩笑的語氣說道。

杉銘敲了一下阿弘安全帽，「這小子，別貪心！」

阿弘對著杉銘露齒而笑。

「喔，對了。」杉銘從口袋拿出五張千元鈔票。「這禮拜的，先拿去吧。」

「感激不盡。」阿弘將五千元收進褲子口袋後便心滿意足地轉身回頭繼續工作。剛走不遠，杉銘又叫住阿弘往他身上丟了一罐寶特瓶裝綠茶，阿弘接住，在杉銘面前舉起示意感謝。

下午五點半，阿弘結束了工作換回學校制服，雖然天氣很冷，但充分勞動後還是使他滿身大汗。他到廁所洗了把臉，走進辦公室拿了幾個肉包後離開工地。

回家的路途上，阿弘邊騎車邊吃著肉包，因為肉包放了有點久，已經冷掉了。

過了轉角，阿弘看到五個男生站成一排擋在他的面前，每個人手上都拿著球棒或是鐵棍。

這些人……好眼熟，但就是想不起來是誰。

眼前的男生看上去都是與阿弘年齡相仿的高中生，但他們並沒有穿著學校制服，而是統一黑色系的裝扮，有些人身上還帶著刺青。

「喂！阿弘，你今天有種再把我的錢包搶走試試看啊！」站在中間的男生先大聲喊道，他留著類似龐克造型的金髮，身材壯碩。他用鐵棍指著阿弘。

阿弘無意繼續回想他們的身分，便隨口打發。

「喔，不用了啦，我今天錢夠了。」阿弘面帶笑容，從口袋拿出剛拿到的薪水在他們面前晃了兩下。

他踏起自行車踏板毫無顧忌地從他們中間穿過，眼前的五個男生卻是膽怯地讓出了路。

「啊，對了，你們……是誰啊？」阿弘停下踏板，回頭一問。

「我們是誰？你的記憶力真是差得可以，看來腦袋需要修理一下。」帶頭的龐克金髮男舞動的手上的鐵棍。

「哈哈，抱歉，我不太擅長記別人的名字。」阿弘繼續吃著肉包，又踏起自行車踏板步上歸途。

五個黑衣男看著阿弘的背影離去。龐克金髮男深吸一口氣，他眉頭一皺，甩了甩手上的鐵棍。

「少嘍嗦！」龐克金髮男猛然舉起鐵棍，衝向阿弘往他的後腦杓瞄準。

阿弘跳下自行車，彎下腰急速閃避了鐵棍，他轉身回頭順勢拉起龐克金髮男的腳讓他後摔在地，自行車也跟著倒在地上發出框啷框啷的聲音。

夕陽直射阿弘的雙眼，眼前形成一片橘黃色的光暈。

阿弘握緊龐克金髮男的腳，往他的胯下重踩，龐克金髮男發出有如野獸般的悲鳴。

另外三名黑衣男接著衝向阿弘，阿弘則一派從容的靠近他們，他俐落地閃避所有朝他揮過來的武器。黑衣男們手上的球棒和鐵棍互相碰撞，發出清脆的撞擊聲。

接下來的五秒內，阿弘只用三拳就擊倒了三個人，被擊倒的黑衣男們躺在地上面目猙獰，他們甚至不知道自己什麼時候被阿弘的拳頭打中。

剩下最後一個。

最後一位黑衣男的體型顯得比其他人高壯，他手上沒有拿球棒或是鐵棍，赤手空拳走向阿弘，阿弘朝著他的臉出拳卻被他擋下。下一秒，阿弘又往他腹部踹了一腳，兩人拉開距離。

阿弘眼前的高壯男擺出打鬥的架式，他知道對方並不只是虛張聲勢，一定有著些武術底子，但不是自己熟悉的空手道。

好久沒動一動了。阿弘扭了自己的脖子。

高壯男再度衝向阿弘，在阿弘面前跳起抬起右腿，用膝蓋瞄準阿弘的腹部。阿弘稍微彎腰用手臂擋住高壯男的膝撞，下一秒，高壯男雙腳落地的瞬間被阿弘一腳絆倒，高壯男重摔倒地。

高壯男摔倒後，還來不及恢復身體的平衡，臉頰就被阿弘重重地拳擊，牙齦感覺到一陣抽痛。

高壯男不打算再起身，他躺在地上看著阿弘，面色鐵青。

「你還不錯嘛，叫什麼名字？」阿弘彎下腰看著這位高壯男問道。

高壯男沒有任何回應，但看著他的表情，應該說他無意回答。

「算了，就算你跟我說，我也記不起來。」阿弘莞爾，他的手上還拿著肉包，此時他才意識到原來剛剛一直都是用一隻手在打架。

他繼續享用肉包邊走向已經倒地不起的龐克金髮男，阿弘在他身上翻找，於是從他褲子的口袋找到一個黑色的錢包。

「晚上加個菜好像也不錯喔。」阿弘抽走了錢包裡的幾張千元鈔票。

3

時間剩下二十秒，牆上的電子記分板顯示著八比一的比數，小梅只要再拿下一分或是等待時間結束就可以拿下今年全國空手道大賽的勝利。

小梅凝視著對手的雙眸，看得出對方已經沒有絲毫求勝的意志。觀眾席上的觀眾也是一派泰然，完全沒有任何激昂，大家心中都已認定勝負已分。

眼前的對手抬起右腿，以側踢上對小梅發出攻勢，小梅側身閃避，她收起右手大拇指，掌心向下，手臂揮過震動了空氣，以食指根部至虎口的部位擊中對手胸部，比賽以逆手刀劃下句點。

裁判宣布比賽結束，熱烈的掌聲在比賽會場響起。

小梅坐在沙發上瞪著客廳桌上的冠軍獎盃，她沒有一點喜悅或是激動，家中的冠軍獎盃早已多到數不完，現在的心情只有焦躁和失落。

司廣已經消失了三天，在這之前，司廣還曾答應過小梅要是比賽得了冠軍就帶她去飽餐一頓。

小梅無法理解，司廣究竟是什麼原因不回家又不接電話。她冷靜思考，但得不到任何能說服自己的答案。

雖然在小梅國中時，司廣有時也會因為加班或應酬在外過夜，但也不至於過了三天連一通電話都不聯絡。另外，司廣曾有一次因為車禍耽誤回家時間，且手機又沒電無法聯繫，處理完所有事回到家已經凌晨兩點多了。

這次又出了什麼狀況？小梅暗忖，同時帶了點怒意。

小梅拿起手機，看了一眼螢幕後又收了起來。

晚上九點，聖誕節的前三天，「朝陽町」內只剩下小梅一個客人，她第一次覺得咖哩飯如此淡然無味。

老闆娘把門上的掛牌從「營業中」翻面成「已打烊」，關掉了餐廳內大部分的燈。

「小梅，爸爸沒有一起來吃啊？是去出差嗎？」老闆娘以關心的語氣問道。

「嗯。」小梅只是敷衍一下，其實她根本不知道父親是不是去出差，她沒心情多理會老闆娘的問候。

「真是辛苦了呢。」老闆娘端上一份炒高麗菜。「來，這個請妳吃，現在的學生讀書都很辛苦，又正值青春期，一定要好好補充營養喔。」老闆娘的笑容和藹。

小梅向老闆娘道謝，她安靜地吃完眼前所有食物。老闆娘或許也看得出小梅心有愁悶。

「謝謝招待。」小梅用力擠出笑容。

「有空再來喔。」

回到家後，小梅闖進父親的書房，書房是和室格局，其中一面牆靠著整排矮書櫃，而矮書桌則擺放在書房正中央。

小梅四處翻找，書桌上堆著雜亂的文件、筆電和行事曆，書櫃內全是高中的國文教科書，另一面牆上掛著幾面優良教師的獎狀。她一邊翻找一邊提防父親會不會突然回家，要是被發現她在書房亂翻，司廣一定會開始囉嗦，但比起司廣的囉嗦，她反而希望司廣能快點回來。

小梅打開筆電，畫面要求輸入密碼，她隨即嘗試了父親的生日、身分證字號、家中電話號碼、手機號碼等……，卻全部落空。她放棄登入，關閉了筆電的電源。

書房中幾乎已被翻遍，全是些無關緊要的教學資料、研究報告和雜七雜八的文書工具，行事曆上的這幾天也根本沒紀錄什麼特別的行程。

搞什麼，這死老頭到底跑去哪！

小梅憤怒地敲擊桌面，這時，她聽到好像有東西掉落在書桌下方，她往下探頭，伸手拿起了長條狀的方形物體，是支白色外觀的錄音筆，上面還黏著些許膠帶。

錄音筆不像筆電有加鎖密碼，小梅將它成功開啟，播放了錄音筆中唯一的檔案。

空氣頓時凝結，小梅能感受到自己心跳的聲音。

小梅將錄音筆放至耳邊，錄音中的前半段皆是模糊不清的雜音，偶爾會聽到一些腳步聲和物體碰撞的聲音，持續了大約三十分鐘。

接著隱約聽到的是人說話的聲音，但因為雜音太重，加上說話的聲音很小，根本無法判斷錄音中的人在說什麼。

突然，錄音的聲音變得清晰，可以清楚聽到有人在說話。

「我們這樣……真的可以嗎？」

小梅感到心臟重重地跳了一下，她重複播放這句話，經過再三確認，她確定這是司廣的聲音不會錯。

「沒關係啦。」

女人的聲音接著傳入小梅耳中，感覺是個年輕女孩。

小梅拼命回想，她就是想不起來有在哪聽過這個女人的聲音。

隨後是強烈的摩擦及碰撞聲，另外還摻雜了似乎是兩人的喘息聲。

「好癢……」女人的聲音嬌羞。

這到底是什麼東西？是什麼時候錄的？那女人是誰？滿滿的疑問湧上小梅心頭。

小梅專注地聽著錄音，她闔上雙眸隔絕外界的干擾，但冷空氣還是刺激著她的肌膚。錄音中的摩擦和喘息聲越來越激烈，直到檔案結束沒有再出現任何的對話。

小梅看了牆上的時鐘，時間已經過了一個小時。

她在心中下了定論，認定司廣失蹤一定和這份錄音脫不了關係，在她面紅耳赤之時，被突然響起的門鈴嚇了一跳。

小梅迅速將書房恢復原狀，包括錄音筆也貼回桌底下，前往應門，門鈴又再次響了一聲。小梅暗自期待按門鈴的人是司廣，等一下一定要好好質問他這幾天到底跑去幹什麼了。打開家門後，眼前出現的不是司廣，而是個西裝筆挺、頭髮微捲、帶著眼鏡，年約三十五的男人。

也對，如果是司廣的話根本不需要按門鈴，就算他身上沒有鑰匙，至少也知道備用鑰匙藏在門外正中間第三片瓷磚下。小梅暗忖。

「妳好，請問林司廣先生在嗎？我是他找的律師。」眼前的男人語氣沉穩，講話頗具高低起伏。

小梅根本不知道父親有認識什麼律師，現在的心情除了期望落空外又添上了一份疑惑。她的表情狐疑。

這個律師一定知道些什麼，絕對要問個清楚。小梅心想。

「請問我爸……」

講到這裡，小梅止住了嘴巴。她直覺認為在確定錄音筆的來源之前，還是先什麼都不要說，也什麼都不要問比較好。

「沒事，他現在不在家。」小梅語氣低沉。

律師瞄了一眼屋內，繼而開口說道。

「那不好意思打擾了，請幫我轉達我正在找他，就說是連律師就好了。」

「好……」

律師微微欠身後轉身離去，小梅停留家門口，她捏住自己的下嘴唇，每當她認真思考時就會有這個習慣動作。

小梅關上大門回到屋內，她還是不習慣這麼大的屋子內只有她一個人。

4

莊嚴的道場外擺了一棵五彩繽紛的聖誕樹，從遠處看過去感覺相當違和。

六點三十分，平安夜這天，道場的學生幾乎都因為要吃聖誕大餐或是約會而提早離開，唯獨小梅一人留在道場。

小梅滿身是汗坐在地上，教練德興走進了館內拿起自己的背包，似乎是剛整理完道場外圍準備離開。

「小梅妳還在啊。還不打算走嗎？」

「再待一下。」

「這樣啊。」德興從自己的背包拿出道場的鑰匙交給小梅，「那妳離開前幫我把門窗鎖上吧，鑰匙下次見面再還我就好了。」

「嗯，你今天也要提早走嗎？」

「是啊，老婆和小孩訂了餐廳。妳今天沒有活動嗎？」

「沒有。」如果司廣在家的話，他應該會約小梅出去吃飯，但他現在下落不明，小梅自然也沒有別的行程。

「對了。」德興偏著頭像是在思考什麼，「我好像沒看過妳交男朋友欸，怎麼了，對男生沒興趣啊？」德興的笑容像是在挖苦小梅。
「不用妳管啦！」
小梅也不是排斥談戀愛，只是她覺得身邊同年齡的男生每個都很弱，只要是有任何一點比不上自己她就會瞧不起對方。
「好啦，不多說了，我要遲到了，聖誕快樂。」德興與小梅道別後便離開道場。
德興走出大門後，小梅直接躺在木製的地板上，身體呈現大字形，眼前是好幾根木頭橫樑。
小梅閉上雙眼，反正回家也沒人，乾脆就在這睡一下，她心想也許這裡才算是自己長大的地方。
不知道躺了多久，在小梅快進入夢鄉的時候，她的手機響起，看了來電顯示，是母親詩華打來的。
「喂。」小梅接起電話。
「喂，小梅，現在在幹嘛？」詩華的聲音背後伴隨著電視節目的吵雜聲。
「我在道場。」
「在練空手道喔?我在想如果妳有空的話，晚上可以買點東西來我這裡吃啦，有一陣子沒見面了。」
這裡是離市區有一段距離的平房，周圍的住戶不多，不管是白晝或是黑夜都令人感覺相當清閒。蟲鳴圍繞在平房四周，今天叫得比平常還大聲，看來也為了慶祝平安夜而齊聚高歌。

小梅在詩華的家裡和詩華一起邊吃炸雞邊看電視。電視播的是無聊的綜藝節目。

雖然在小梅出生不久後父母就離婚了，但她偶爾還是會到詩華的家裡坐坐看看母親詩華。

在小梅還小的時候，司廣偶爾會帶小梅到詩華家裡玩，直到小梅長大可以一個人來時，司廣就不再出現在這裡了。

詩華在小梅所就讀的學校市立第一高中擔任教師，主攻物理和數學，且可以說是高中數理方面的權威教師，她讀過的書多到整間房子的書櫃都放不下，還有一大半的書籍和文件都堆在地上。小梅每次過來的工作，就是先幫母親整理好屋內的環境，她有時也會受不了詩華身為名師卻性格懶惰，就連今晚的炸雞也是小梅一個人在外面買好帶回來的。

「小梅，妳怎麼看起來精神不太好。」詩華看到小梅對電視發呆，嘴上咀嚼著食物，眼神卻略顯無光。

「有嗎，應該是今天練習比較累吧。」小梅對著詩華微微傻笑。

「妳啊，別常常練什麼空手道練得那麼累，把身體搞壞就糟了。」詩華語氣雖然嚴肅，但可以感受到她對小梅的關心。

「沒事啦。」小梅語氣淡然。

事實上，小梅一點都不累，只是一直在擔憂司廣的事，幾天下來都睡不好，她也不敢跟詩華提起，因為她知道詩華和司廣處得並不好，所以在詩華面前盡量不提司廣的名字。

詩華不停地切換電視頻道尋找有什麼好看的節目，但事與願違，幾乎都是沒什麼內涵的聖誕特輯節目，最後，詩華在新聞頻道停了下來。

「上週晚間發生的女學生墜樓案，墜樓者為就讀高中二年級的陳姓同學，墜樓原因尚待釐清，校方已經通知家屬並協助處理後續事宜，同時加強輔導機制，提供校內學生心理輔導或諮商等協助……」主播字正腔圓地播報著。

詩華看到這則新聞時咂舌了一聲。「怎麼又是這個新聞啊，不就一個女生在頂樓玩不小心掉下去而已，報了這麼多天，是沒有東西可以報了嗎？明明就還有很多國際要事可以報，真的是……」

「妳怎麼知道是不小心掉下去？」小梅好奇地詢問母親。

「不知道啦，隨便說說的。」詩華嘆了一聲氣，「我們國家就是不選重要的事情報，整天報這種沒營養的新聞，難怪現在社會越來越亂，就是被這種媒體帶壞的，把小事無限放大，搞得現在人總是不得安寧。」詩華毫不掩飾內心的怒氣，完全表現在臉上。

社會新聞結束後，接著播報的是氣象新聞。

「氣象局預警今年冬天將會是十年來最冷的一次，請民眾做好防範措施……」氣象主播正意氣昂揚地解說畫面旁的衛星雲圖。

小梅從沙發起身離開詩華身邊走向廚房。

「我去拿水果來喔。」

此時小梅的心情更為煩躁，明明是平安夜，最近卻一點好事都沒有，新聞播到現在也沒有報導任何好消息。

今年的平安夜還真不平安。

5

下午五點半，夕山高中的學生紛紛從校門口走出，每個人揹著深藍色的書包，制服上半身是白色襯衫和灰色的長袖毛衣，男生配上灰色西裝褲，女生則是灰色A字裙。一眼望去約有七成的學生都像是不愛讀書的不良少年少女。

夕山高中位於半山腰，校區並不大，但學生人數卻也不少。

小梅在校門口遠處的樹幹旁靠著，夕陽光灑在她臉上，清楚勾勒出五官的輪廓，疲憊的樣子更加明顯。

小梅看了這些學生，她還真不敢相信父親是在這種環境下教書。但今天這些都不重要，她打算在學生散得差不多時闖進父親的班上，尋找有什麼有用的線索，這是自從父親失蹤以來第一次的搜索行動。

過了二十分鐘後，已經沒有人再進出校門，小梅繞到後門輕鬆翻越圍牆，她刻意走比較沒人會經過的地方，在沒被任何人看到的情況下到了司廣的班級，門把輕鬆被轉開，窗戶看過去也沒有一個是鎖上的。

二年五班的教室看起來相當普通，並無任何特別之處，小梅一個人以蹲姿躲在講桌旁，仔細查看手上的點名單，每當她看到一個女生的名字，錄音筆內女生的聲音就會在她腦海繞過一次。

必須將這份點名單帶回去當作是尋找父親下落的第一步，但小梅不能這麼做，一旦班上有人發現點名單不見，肯定會被認為是遭小偷，下次若需要再闖進來就不容易了。

小梅從口袋拿出手機，如果是用手機拍下來就絕對不會有問題。在小梅拿出手機打開照相功能的同時，一隻手扶住了她的肩膀，男生的聲音傳入她耳裡。

「喂，妳誰啊？」小梅迅速將點名單藏到身後，她往聲音的方向望去，對方蹲在她旁邊，嘴巴嚼動著，手上拿著吃到一半的肉包。韓系短髮，濃眉大眼，這是小梅熟悉的臉孔。

「阿弘?!」小梅提高了音調。

阿弘為眼前的女孩叫出他的名字感到意外，但下一秒就想起來了。「小梅喔！好久不見啊，妳在這裡幹什麼啊？」

小梅因為事情被打擾而感到不悅，她將手機收回口袋，把點名單放在地上，一手抓住了扶在她肩上的手，瞬間將阿弘壓制在地。

「你們在幹嘛！」宏亮的聲音在教室產生回音，出現在教室後門的人穿著軍服，看起來是夕山高中的教官。

看到教官的小梅和阿弘立刻起身往教室外衝出去，小梅從前門跑出，阿弘則像隻猴子一樣從窗戶盪了出去。

教官往兩人的方向追去，令人意外的是，小梅和阿弘逃跑的方向竟然是面對教官，在教官伸手想逮住他們的時候，小梅和阿弘分別從教官的左右轉身越過，動作默契十足，教官還因此踉蹌了一下。

小梅和阿弘一路往校門口逃跑，教官則又緊跟在後。小梅這時才想到，她需要的點名單忘在教室。

跑出校門後，兩人沿著校外圍牆繼續奔跑，阿弘跑在小梅身後，他回頭見到教官在校門口停了下來。

阿弘鬆了一口氣，幸好早已被放棄管教，要是其他人的話教官肯定繼續追著不放。

「喂，他沒在追了啦。」阿弘看向小梅，見她似乎沒有想要停下的念頭於是提醒了她。在阿弘面向小梅時，強烈的夕陽光映入眼簾，在小梅的背影前形成的一道光暈，塵埃在空氣中散發著光。

阿弘看得入神，周圍像是冒出許多粉紅泡泡，完全沒注意到小梅已經停下腳步，就在他差點撞上時才回過神來，小梅轉身面向阿弘，阿弘退卻了兩步。

「你在這裡幹嘛啊？」小梅語氣並不友善地對阿弘問道。

「這我學校我不能在這裡喔？」

「你讀這種學校？」小梅發出驚嘆。她會有這些疑問也是理所當然，因為小梅對阿弘的印象還停留在國中時的他，那時的阿弘還只是個普通的國中生。

他們第一次見面是在道場，兩人都還只是小學生，因為練習空手道的關係彼此開始熟識，且兩人在同年齡層的學員中都算是較有天分的。

「對啊，不能讀這裡嗎？」

「不，只是有點意外而已。」

一年半前的夏天，阿弘每晚都為了即將到來的升學考試做準備，和普通國中生沒什麼差別。阿基米德、湯木生、畢達哥拉斯等名字記得都比同班同學的名字還熟，他想往工科方面的職校升學，當時的他人生充滿了目標。
阿弘家中經濟優，父母都是資歷不淺的刑警。放學或是假日的空閒時間，他也會到道場練習空手道。
考試的前一個禮拜，阿弘在夏夜的蟲鳴中與數學習題搏鬥，此時，突然家中的電話響起，阿弘接起電話，對方是刑事警察局的長官。
在這通電話中，他得知了改變他人生的消息。
父母在工作中殉職，長官在電話中只用簡單的語句帶過，說是為了保護人民而中彈犧牲。
事後，阿弘的父母雖被稱做英雄，媒體也為他們的壯烈犧牲做了大篇幅的報導，但在阿弘眼中，這些根本毫無意義，幾個月，甚至幾個禮拜後大家都會漸漸淡忘，沒有人會再關心這件事，人們一直都是這樣。
這件事在阿弘心中劃下永遠無法癒合的傷痕。
兩天的升學考試阿弘幾乎胡亂作答，他根本沒有心情在應對題目上，一到交卷時間他便馬上交卷離開。
離開試場後，一位陌生男子接近阿弘，黑髮中參雜了些許白髮，身材壯碩但身高不高，目測約是接近五十歲的中年人。
「你是瑞麟和伊庭的孩子嗎？」瑞麟和伊庭分別是阿弘父母的名字。
「幹嘛，是又怎樣。」當時阿弘心中充滿對世界的怨恨，對人說話也絲毫不客氣。
「真的很抱歉。」男子握住自己的拳頭放在胸前，眼神愧疚地看著阿弘。阿弘一語不發，只想知道這個人到底有什麼目的。

「當時幸虧有你的父母我才能保住這條命，現在的你可能不知該如何是好，如果需要幫助隨時可以來找我。」語畢，男子遞上一張名片給阿弘，名片上寫著「大里營造工業領班呂杉銘」。

阿弘告訴了小梅這兩年來所發生的事和他目前的生活狀況，小梅才知道為什麼當年阿弘沒有留下任何消息就消失得無影無蹤。

「那你現在是哪一班的？」小梅表情嚴肅的再度追問道。

「十二班，二年十二班，怎麼了？」阿弘從容回答道。

小梅的表情顯得有些失落，但阿弘並不知道這個表情下藏的涵義。

「沒事。」小梅從頭到腳打量了阿弘一番，領帶隨便打、扣子沒扣好、襯衫下擺還露在毛衣外，「不過小混混的樣子好像也蠻適合你的。」

「我才不是什麼小混混。倒是妳，跑來我們學校鬼鬼祟祟的幹嘛？」

小梅被如此問道時顯得有些不悅，她舉起拳頭作勢要揍阿弘。

「白癡，都被你搞砸了啦！」

「搞砸？」

「我正在做重要的事。」小梅狠瞪著阿弘，好似阿弘欠他一大筆債。

「什麼事啊？如果是好玩的事，我可以幫你喔。」阿弘嘴角上揚，露齒而笑。

小梅受不了自己的事情被砸，眼前卻是一臉輕浮的阿弘，她伸出手捏住阿弘的鼻子。

「看你怎麼補償我！」

阿弘表情痛苦，不斷懇求小梅放開他的鼻子。「好啦，很痛啦，妳需要什麼我幫妳想想辦法啦。」

「二年五班的點名單。」小梅繼而說道。

「點名單？」

「對啦，少廢話，拿過來就是了。」

6

麻雀在樹上嘰嘰喳喳，每天的清早，餐車都會在校門口販賣早餐，供應蛋餅、蘿蔔糕、三明治、漢堡等這些青少年愛吃的食物，餐車前的學生總是大排長龍，今天也不例外。

老闆的個子不高，禿了半邊頭，眼睛很大，親和力十足。他手邊的事情固然多，卻總愛跟學生聊上幾句。

「老闆你看，我的考試從上次的三十分進步到了六十分喔。」剛點完餐的女學生舉著從書包拿出的考卷，俏皮地向老闆炫耀了昨天的考試成績。

「哇，進步了三十分這麼多啊，那今天多請妳一份起司蛋餅。」老闆在鐵盤上多打了一顆蛋，拍拍女學生的肩鼓勵她。「下次要再進步四十分啊，到時候就再請妳特大級的滿分蛋餅，哈哈哈。」老闆發出爽朗的笑聲。

「唉唷，六十分就夠了啦，再說這麼大的蛋餅我也吃不完啦。」女學生莞爾著說道。

阿弘排在隊伍後方，前面還有十幾位學生，他後悔似乎太早到學校。

難得今天比較早起卻要排隊，早知道像平常一樣遲到就好了，那種時間絕對不會有人排隊。

依照阿弘的個性，他不會為了上課而特意到學校，不外乎是為了食物，這家餐車的肉包完全擄獲阿弘的口味，他揹書包的目的，也是為了可以裝下一天份的肉包。

隊伍前進很慢，後方又有不少學生進入隊伍，阿弘向天空打了個呵欠，雲層厚重，看來今天又會下雨。他想遠望觀察前方還剩多少人，不過排在他前面的兩個男學生身高都相當高，因而擋住了他的視線，一個身材微瘦，臉型像匹馬，另一個身材微壯，皮膚較黑，感覺像是做燒烤的師傅。他們的名字分別是尊生和宇軒。

「代課老師也只說他請假而已啊。」宇軒從語氣中透露出些許無奈。

「什麼都沒說也太突然了吧。」尊生接著回應。

「我還有一些資料要給他簽，麻煩死了。還有艾莉的事也是，搞得班上亂七八糟的。」

阿弘向前搭話道：「你們在聊什麼啊？」

兩個男學生似乎覺得阿弘的舉動很莫名。「你是誰啊？」宇軒一臉不屑地問。

正當阿弘要回答的時候，被尊生大聲打斷。

「喂，考試要遲到了啦，來不及買早餐了，先走吧。」尊生看著手錶，他們匆忙離開隊伍。阿弘對於自己被當作奇怪的人不被理會沒有任何感覺，他早已習慣如此，反而因為隊伍前面少了人而感到開心。

正中午，阿弘在學校頂樓吃著肉包一邊發呆，他從早上買完肉包就一直待在這了。早上還下了點雨，地上還有些濕濕的。

阿弘看著吃到一半的肉包，憶起小梅突然出現的那天，肉包也跟點名單一起遺留在教室了。

她為什麼這麼執著一份點名單？她老爸不就是這間學校的老師，自己跟他要不就好了，鬼鬼祟祟的出現在教室，還被教官追，害我少吃了半個肉包。阿弘暗自嘀咕。

手機響起了訊息聲，他看了手機畫面，是小梅傳來的訊息。在上次的偶遇，兩人互相交換了聯絡方式，會這麼做是因為阿弘在兩年前消失後，不管是住址、電話號碼等所有聯絡方式全換了，為了能繼續保持聯絡，小梅強迫阿弘留下了手機號碼，當然，自己的號碼也給了阿弘。

阿弘打開訊息，「這個假日過來我家一下，你還記得在哪嗎？不記得的話我再告訴你。」

記得是記得……，阿弘心想著。

他越來越搞不清楚小梅想要做什麼了，以前一起練空手道的時候，偶爾還會到她家坐坐，但這麼久沒聯絡了，突然被約過去也覺得有些彆扭。

週日晚上，阿弘搭了公車再走路到小梅家門口，雖然一陣子沒來了，但這兩年似乎沒什麼太大的變化，外觀還是一樣新穎。

阿弘敲了大門幾聲，但沒有人來應門，他稍微等了一下，繼續在門上打出俏皮的節奏。半晌，依然等不到回應的他往旁邊的落地窗走去，他想從窗簾的縫隙觀察屋內的狀況，這時，大門出現了動靜。

門只開了一半，從門縫探出頭的是小梅，她頭上披著毛巾，頭髮還有些濕潤，眼神銳利地盯著阿弘。

「幹嘛啊！有電鈴是不會按啊！」小梅捏住阿弘的耳朵把他拉進屋內，剛洗完澡的香氣撲向阿弘的鼻子，讓他暫時忘記了耳朵的疼痛。

屋子裡的擺設與阿弘記憶中的一樣依然沒變，一進來就是寬敞的客廳，對面擺著大書櫃，右邊的牆上掛著電視，沙發則是靠在左側，而大書櫃的左方是連接司廣書房、上二樓的樓梯以及廚房的走道。

唯一與印象中不一樣的，就是獎盃和書的量變多了，以前大約只佔了大書櫃的三分之二，現在已經多到快擺不下了，獎盃甚至擺滿了電視櫃，全都印上了大大的「冠軍」兩個字。阿弘也知道小梅喜歡看推理小說，分析劇情、動腦思考一直是小梅很享受的事，所以數量自然也增加了不少。

阿弘從書櫃上拿起了幾個獎盃來看，從小型的社團比賽到全國性的競賽，不只是空手道，連各項學業都超群出眾。

「哇，小梅，妳怎麼那麼多獎盃啊！」阿弘感嘆道。

「少嘍嗦，不要亂碰，放回去！」小梅關好大門後往司廣的書房走去。

阿弘把獎盃放回原位後，習慣性地嗅了四周，他走進廚房，第一個動作就是打開冰箱查看裡面的食物。

「咦，妳爸不在家喔？」阿弘從冰箱拿出一顆蘋果，因為沒看到小梅的父親司廣所以順口問了一聲。

「他……」小梅的聲音從隔壁的書房傳出，「他已經快一個禮拜沒回家了，什麼都沒說，電話也不接。」剛剛還兇巴巴的小梅語氣突然變得稍顯憂愁。

「一個禮拜沒有回家喔，這樣不是失蹤？報警吧。」阿弘只是隨口回答，說完便張大嘴巴準備咬下蘋果。

「不可以！」

原本還不以為意的阿弘被小梅突然嚴肅的吼聲嚇到，手顫抖了一下，還沒咬下去的蘋果整顆摔到了地上。
阿弘彎下腰撿起蘋果，拍了拍蘋果的表皮，回頭幽怨地看著小梅。
「幹嘛啊！一顆蘋果而已，這麼小氣喔。」
「不可以報警……」
阿弘不顧小梅，大口大口地啃食蘋果。
「阿弘，你聽一下這個。」
阿弘望向小梅，她手上拿著一支白色的錄音筆，按了幾個按鈕後伸手遞給阿弘。阿弘把錄音筆放到耳邊，他一邊吃著蘋果一邊聽，但大部分的注意力還是在味覺上。
錄音筆播放出來的聲音夾雜著雜音。
「我們這樣……真的可以嗎？」
「沒關係啦。」
「好癢……」
男女的對話後是衣物摩擦和喘息的聲音。
阿弘的注意力逐漸被吸引，咀嚼蘋果的速度慢了下來，他的臉頰開始漲紅，露出淫猥的微笑。聽到一半，錄音筆被小梅從耳邊搶了回去。
「妳叫我來就是要給我聽這個喔？」阿弘色瞇瞇地看向小梅。
小梅故意不看阿弘，低頭瞥向其他地方，眼神倔強，她早料到阿弘會胡思亂想。
「這是在我爸房間找到的啦。」小梅說道。
雖然還不能確定錄音中男人的聲音是司廣的，但以小梅的判斷，八成不會有錯，要是真的是他的聲音，那就絕對不能讓任何人知道，更何況報警。雖然從法律的角度來說，父親現在離婚，要在外面和什麼女人交往是他的自由，但如果對方未成年那就犯法了，從錄音筆中的聲音聽起來極有可能，女生的聲音相當稚嫩。而又以道德觀的角度來看，以老師這種身分，社會是絕對不會接受的，不要說會被大眾責備，連工作都會不保。小梅不停往自己不願意想像的方向思考，但錄音筆擺在眼前，要她不這麼想也很難。

我一定要自己把他找出來，小梅心中這麼想著。

「哈哈，偶爾在男人房間發現這些東西很正常啦。」阿弘從以前就是這麼不正經，小梅也習慣了，阿弘又自顧自地說著：「妳想想，妳爸也離婚很久了，偶爾總是會需要這些東西啦。」阿弘試圖安慰小梅的樣子讓小梅感到好笑。

阿弘撇著腦袋。

該怎麼跟她解釋才好，男生和女生想的本來就不一樣，這很正常啦，對了，這傢伙……好像還沒交過男朋友吧，這也難怪……

這時，阿弘聞了小梅身上的味道，雖然有濃濃的沐浴香，但還是可以聞到些許咖哩味。

阿弘看著小梅對她露齒而笑。

「妳今天……有吃對面餐廳的咖哩對吧。」

小梅一聽到便狠狠地瞪著阿弘，一伸手就捏住了阿弘的鼻子。

「不准亂聞！」小梅的眼神兇狠，卻因為害羞而臉頰漲紅。

7

翌日午餐時間，阿弘吃著肉包穿梭在學校走廊。

「別忘了點名單，不要拖，明天就去。」昨天離開前，小梅還特別提醒了阿弘一次。

到底要點名單做什麼？阿弘暗自嘀咕。

到了二年五班前面，阿弘根本不認識他們班上的任何人，完全不知道該向誰要點名單，況且，被別班的人提出要點名單這種要求，他們一定也會覺得很莫名其妙。

阿弘目光快速掃過他們班上，因為是午餐時間，班上的人都在吃著便當，當然不是乖乖坐在座位上吃，女生大多把桌椅排在一起，圍成一圈，一邊吃一邊快活地聊天。男生們則是沒有固定座位，手拿著便當邊走邊吃，想走去哪就去哪。

這時，他看到兩張熟悉的面孔，是那天在餐車買早餐時排在前面的兩名男學生，他們靠在教室後方的布告欄，手上拿著便當邊吃邊聊天。

原來他們是這班的。兩個都長這麼高，看起來真不像同一個年紀。

阿弘拜託了靠窗的女同學們，請她們幫忙叫那兩位男同學。女同學們都表現得困惑，大概是因為阿弘的打扮看起來像個不良少年，被當作是來找麻煩的。但女同學們還是照了阿弘的意思。

兩個男學生把便當放在旁邊的課桌上走出教室。

「嗨！」阿弘舉起一隻手打招呼的樣子完全不像是面對陌生人，就像是見到熟識多年的朋友一樣，但兩位男學生始終覺得莫名其妙。

「你到底有什麼事？」宇軒先開口問，嘴巴還一邊咀嚼著。

「你們班的點名單可以借我嗎？」阿弘咬著肉包，另一隻手指著教室前的講台。

「什麼?!」宇軒懷疑自己聽錯，再問了一次，「點名單？你要那個幹嘛？」說完，他吞下了口中正在咀嚼的食物。

女學生們在教室內看著外面的情況，窸窸窣窣的討論。

「嗯……認識的人拜託我要的。」阿弘也無法準確得說出要點名單做什麼，只好這麼回答。

「如果要點名單，你要找的是副班長而不是我們，要我幫你叫她嗎？」尊生為了減少麻煩，這樣的回答可以讓阿弘不再追問他們，他們只想趕快回教室吃午餐。

「好啊，那幫我叫她吧。」阿弘吃完了手上最後一口肉包。

尊生叫了副班長念庭後就和宇軒回到教室，而教室內討論的聲音越來越大。

走出教室的是留著中分長髮，有著大眼睛，身高約一百五十八公分左右的可愛女孩。

「請問……你找我有什麼事嗎？」大概是因為阿弘的外型出色，念庭語氣有些羞澀。

阿弘又指了教室內的講桌一邊說道：「你們班的點名單可以借我嗎？」

「你要點名單？」念庭的表情和宇軒他們一樣，都是一臉疑惑，「但是我們還要用，也不能讓你帶走，你要做什麼用呢？」

又被問了同樣的問題，阿弘只好再次解釋：「是我認識的人需要的，我也不知道她要幹嘛。」

「抱歉……不然你可以去學務處問問看，他們每天早上會收齊各班前一天的點名單，登錄完後應該就會被當成廢紙回收了吧。」

副班長的工作就是紀錄班上同學每天的出席狀況，隔天早自修時再交到學務處。阿弘完全不清楚這些流程，他從來不關心學校的事務，更何況是幹部的工作。

「好吧。」看在念庭也不願意給他點名單，阿弘只好因此作罷。

「對了。」阿弘又開啟新的話題，「你們老師，最近是請假嗎？」

剛剛看到宇軒和尊生時，他便聯想到前幾天在排餐車時聽到的對話，會再這麼問只是出自於好奇。

「你說我們班導師嗎，對啊，已經請了一個禮拜左右了。」

這個回答如阿弘預期的一樣。

「知道原因嗎？」他繼續追問，這些都是小梅昨天交代阿弘要問的，當然，小梅想問的是司廣的近況，畢竟她並不知道司廣有請假的事。

「不知道欸，沒有聽說過。」

「看來你們也不是很關心自己的班導師嘛。」當阿弘說出這句話時自己也心虛了一下，但會這麼說只是想刺激念庭，讓她再多講一點也好，這也是小梅教他的。

「這個嘛……」看樣子念庭也說不出些什麼，為了化解尷尬，阿弘再度開口：「算了，沒事啦，可以的話，能留下妳的聯絡方式嗎？」

被阿弘這麼一問，念庭遲疑了一下，害羞的表情又寫在臉上，不過阿弘並不是對她有意思。至少留下班上其中一人的聯絡方式，也是小梅交代的。

阿弘和念庭交換了手機，互相輸入自己的電話號碼，在輸入號碼的同時，阿弘心想著為什麼自己要為小梅做那麼多事，雖然一部分的原因是要向小梅賠罪，但他馬上又給了自己一個答案，大概是因為小梅是他少數的朋友，不，現在應該說是唯一。

交換完電話號碼，念庭回到教室，阿弘離開了二年五班，從身後還聽到班上熱烈的討論聲。

到了學務處，鐘聲響起，這是午餐時間結束的鐘聲，依照規定學生應該在這時間午休。阿弘隨便找了一個老師詢問，但因為他沒有任何正當理由說明此事必須現在處理而被請了出去。

這麼一來，到午休時間結束前約有三十分鐘左右的空檔，阿弘決定先到頂樓休息，在頂樓躺著睡覺比教室的課桌椅舒服多了。

剛躺下沒多久，他的手機響起，是小梅打來的，他接起手機。

「喂，拿到了沒？」小梅用氣音說著。

「妳講話幹嘛那麼小聲啊？」

「現在午休啦，誰像你那麼自由啊，怎麼樣，點名單拿到了沒？」

「還沒啊，有點困難喔。」

「什麼困難啦，你要是沒辦法弄到，我只好下次再去你們學校想辦法拿了。」小梅說話的速度很快，有幾個字都黏在一起了。

「好啦，放心交給我吧。」阿弘像小梅掛了保證，但他也不知道自己能不能辦到，為的只是讓小梅放心。

「就先這樣吧，不說了。」

結束了通話，阿弘放下手機，闔上眼睛繼續睡覺。

鐘聲漸漸清晰，阿弘的眼睛微微張開，他在地上伸展身體，看來這一覺睡得很舒服，只是稍嫌氣溫有點低。

阿弘再度走進學務處，他問了負責登錄出席狀況的男老師，男老師戴著眼鏡，看起來不太愛說話，阿弘同樣被要求給一個適當理由。

「上次我在那班前面看到一個很可愛的女生，但是……我不知道她的名字。」比起說出模糊的原因，這種說法應該更容易讓人相信。阿弘不知道自己腦中何時冒出這樣的理由。

「這種事你直接去他們班上問不就好了嗎？」老師對著電腦處理文件，似乎不太想理會阿弘。但不一會，他停止了敲擊鍵盤的雙手。

「好吧。」老師停下了工作，開口說道：「老師也當過學生，知道你的感受。」他從後方的櫃子上拿出一本資料夾，態度就像是變了一個人似的。

阿弘對老師的行為感到意外，他收下了資料夾，上面寫著「二年五班學生名冊」。

「你說二年五班對吧，裡面有每位同學的名字和相片，借你看一下，待會還給我。」為了不讓學務處的其他老師聽到，老師的聲音漸漸轉小。

阿弘翻開學生名冊，不只像老師說的只有相片和名字，甚至連個人基本資料都有，包括學號、生日、住址等，不過這東西對阿弘一無是處，也不是小梅要的點名單，他目光快速掃過，看到宇軒和尊生的本名時並沒有太大的反應，因為他並不知道他們的名字，只是自己默默在心中稱呼他們為燒烤師傅和馬臉男。

雖然不知道這本玩意有沒有用，但他還是對老師的好意感到一分喜悅。

「怎麼樣，知道對方的名字了嗎？」不到一分鐘，老師就問了阿弘，畢竟偷偷幫助學生找心儀的女生的名字並不是他的工作內容，會這麼做只出於私人意願，對別人不好交代。

看來這個老師不知道自己在學校是個問題學生，不然他不會這麼好心地幫助自己，阿弘在心裡默默慶幸。

「知道了，太謝謝你了。」阿弘擠出笑容，「這本資料夾可以借我帶回去嗎？」雖然不是點名單，但至少非常相似，阿弘認為把這個交給小梅她應該也可以接受。

「這可不行，畢竟裡面有學生的基本資料，外流就不好交代了。對了，不要跟別人說我有借你看這種事。」老師伸手，示意他把學生名冊交還。

阿弘還是把學生名冊遞給老師，「那除了……」

他的話還沒說完，就被老師搶先插話：「這本是正式文件，除了我手上會有一本外，各班導師也都有。另外，如果有需要的話，導師也會把這個影印給副班長。」老師像是早就看出了阿弘想要問的問題。

老師又再度提醒道：「對了，這個也別說是我跟你說的。」

阿弘點頭答應後又向老師道謝一次。

一離開學務處，他馬上傳了簡訊給念庭，順便看了時間，距離上課還有五分鐘。

「你那邊有學生名冊嗎？我現在過去找妳。」

還沒等到念庭的回覆，阿弘就已經到了二年五班，她看到念庭匆匆地走出教室，揮手向她招呼。班上依然又傳出熱烈的討論聲。

「那個學生名冊也不能給你啦，那也是老師要我保管好的東西。」從念庭的表情看得出她有所為難。

「拜託了，我絕對不是拿去散布或是做壞事，要是妳能幫我的話我之後一定會好好感謝妳的。」阿弘對著念庭雙手合十。

看著阿弘如此真誠地拜託自己，念庭實在難以拒絕，但又不能違背幹部的職責，於是她決定放學後和阿弘到附近的影印店影印一本，並交代阿弘絕不能用在不當的用途。

終於等到了放學，阿弘和念庭直接相約在影印店碰面。兩人見面後彼此打過招呼，念庭就將學生名冊遞給影印店的店員。

影印完成後，阿弘也買了一本資料夾把所有的紙張整理好，看起來就跟念庭手上的沒兩樣。

兩人走出影印店，阿弘從書包中拿出紙袋裝著的肉包。

「下次再好好感謝妳喔。」阿弘對著念庭說道，他露出爽朗的笑容，又使念庭感到一分羞澀。

「沒關係啦。」說完，念庭便轉身朝著阿弘眼前的方向離去。

阿弘咬著肉包，視線從念庭的背影轉向天空，他很久沒有像這樣與別人相處了。

看著影印的學生名冊，他嘴角微微上揚。

總算是搞定了。

他把學生名冊收進書包，隨後朝著自己身後的方向邁開步伐。

8

十二月三十日，小梅從五點半放學後就到了道場，除了空手道，小梅最近也和教練德興練起了以色列格鬥術。

幾天前，小梅突然被教練問到為什麼會學空手道，而且還一練就是十二年，看得出絕對不只是興趣使然。

小梅回想起五歲那年。

某天下午，小梅在體育節目上看到兩個人正在打架，一問父親才知道那叫做空手道，父親司廣說，那是可以保護自己以及重要的人的技術，絕不是用來打架的。

當天吃晚餐的時候，小梅就主動向司廣提出自己也想學空手道，司廣理所當然地問了原因，小梅則帶著天真的微笑回答：「這樣就可以保護爸爸媽媽不被壞人欺負啊。」

德興聽完後哈哈大笑，「原來妳小時候還蠻可愛的，動機挺單純的。」

小梅盤坐在地上，撇頭瞪著德興，「不准笑。」

說完，她垂下目光看著地板，要不是突然被教練這樣問，可能真的快忘記學空手道的初衷了，她雙手拍了拍兩邊的臉頰提醒自己，空手道可不只是用來比賽或是為了提升自己優越感的東西。

「來教妳些好玩的東西吧。」德興不知道從哪拿出了塑膠槍、塑膠軍用刀、塑膠球棒等練習用武器。

小梅再度將視線放到德興身上，她從坐姿站了起來，拉緊腰上的黑帶。

「雖然我是以空手道維生，但柔道、跆拳道、拳擊什麼的多少也小有研究喔。」德興的表情看起來很自豪，但立刻轉變為嚴肅，「在武術中，有一種叫做以色列格鬥術，是一種防禦式的戰鬥技巧，常用於逃脫或是保護他人。如果妳說妳想要保護別人，這會是個值得學習的技術。怎麼樣，想學嗎？」除此之外，德興還補充提醒，「這種武術講求快速解決對手，所以時常需要攻擊對手的要害，練習時千萬要小心。」

從那天起，小梅的練習項目除了空手道以外，還多了以色列格鬥術，因為是兩種不同模式的戰鬥技巧，要習慣得花上相當的時間。

小梅已經把衣服換回學校制服，她放下馬尾，背起書包和運動背包走出道場，天色已經黑了，而空氣隨著年尾逼近也冷得刺骨。

「嗨。」走出道場沒多久，小梅看到阿弘坐在道場的圍欄上，當小梅走近時，他慢慢起身。

「補償。」阿弘將他手上的資料夾遞給小梅。

小梅先是瞪著阿弘，就把他手上的資料夾搶過來，她第一個反應就知道那不是她要的點名單，「白癡，我要的是點名單。」雖然不是點名單，但小梅還是把資料夾打開來看，當她看到內頁時，要不是阿弘在身邊她一定會擺出驚訝的表情大聲驚嘆。

「不過這個更好。」小梅撇著頭想掩飾心中的喜悅，但嘴角還是微微上揚。

小梅繼續往回家的方向前進，阿弘也跟著她並肩而行，繞過道場，保持直行就可以走到公車站。

道場外的街道很寬敞，但平常不太會有車輛經過這邊。

「妳找這些到底要做什麼用啊，失蹤的是妳老爸，難不成妳覺得是他的學生綁架他啊。」阿弘邊說邊從書包拿出紙袋裝著的肉包，接著大口享用。

「先不管是不是那樣，要調查一個人的話，就從他身邊的人查起是理所當然的吧，所以我才會想要他們班的點名單，一天之中跟他相處最久的就是他班上的學生，至少要先知道他們的名字才可以。」小梅將阿弘給她的學生名冊收進書包，「現在除了名字，連基本資料都有了，省下我很多事，謝啦。」

當初拿到學生名冊時，阿弘還怕小梅因為看到的不是點名單而生氣，但聽到她這麼一說，阿弘鬆了一口氣。

「對了！」阿弘吞下口中的肉包，「妳爸好像請了長假，找了一個代課老師。」

「請長假?!」小梅眉頭深鎖。

「對啊，是聽他們班上的人說的。」

「我完全不知道他有請假這種事，這是真的還假的?」小梅只是想說給自己聽，但因為這裡相當寧靜讓阿弘也跟著聽到。

「應該不會錯吧，聽到兩個男生這麼說的，也和他們副班長確認過了，但他們好像都不知道請假的原因。」阿弘拿出手機，給小梅看了命名為念庭的聯絡人，「這就是他們的副班長。」

小梅用手機記下念庭的電話號碼，「謝了。至少我拜託你的事都有做到，補償算是完成了，剩下的我自己想辦法吧。」她的語氣很冷淡，雖然第一步順利完成，但接下來該如何行動在她心中還是個未知數。

阿弘感覺得出小梅希望自己不用再插手，但就他對小梅的了解，看得出來她現在只是在逞強，「這個嘛，這些就當作送妳的聖誕禮物好了，我說過要是好玩的話我可以幫妳的。」

「聖誕節都過多久了……而且這一點也不好玩。」小梅現在只希望能快點找出司廣的下落，但她還是很高興阿弘會這麼說。

「我覺得好玩就好啦。」阿弘將手臂靠到小梅的肩膀上對著她傻笑。

「你不要又搞砸就好。」小梅握住阿弘的手腕把它放下。

「搞砸了就再補償啊，補償完再搞砸，搞砸再補償……」阿弘看著前方，邊說邊呵呵地笑著。

「白癡。」小梅轉頭看向阿弘，或許是阿弘的風趣成功地逗小梅笑了出來，「其實，那天給你聽的錄音，我覺得男人的聲音就是我爸的，至於女生的聲音，我在懷疑是不是他們班上的學生，這也是我想要點名單的一個原因。」

「妳怎麼不早點跟我說，要是真的是這樣……」阿弘收起笑容，短暫的快樂氣氛在此刻結束。

「跟你說那麼多幹嘛。」小梅的表情面帶不屑，「反正這關係到我爸的名譽和工作，所以我才會說先不要報警。」小梅擅自為錄音的內容做了推測，她知道自己現在必須謹慎行事，「真搞不清楚他現在到底跟什麼女人跑去哪裡。」

「反正現在有學生名冊了，順著這條線找下去吧，妳打算怎麼辦？」

「去連絡跟我爸有關的每個人吧。」

「哇！那可是大工程欸，妳確定要這麼做？」

「也只能這麼做了吧！警察辦案不也都是這樣嗎？你爸媽不就是……」小梅突然收回她接下來想說的話。

「抱歉。」

「哈哈，沒事啦。」阿弘僵臉乾笑，「習慣了。」

兩人在道場外的步道已經走了一段距離，就在離公車站牌不遠處，他們聽到女子放聲大叫的聲音又伴隨著哭腔。

「救命！」一名個子嬌小的女子朝向他們疾奔，看樣子是從眼前那台銀色ＢＭＷ轎車跑出來的，她穿著和阿弘同款制服，但衣衫不整，襯衫的鈕扣鬆了最上面的兩顆，裙子側邊的拉鍊沒有完全拉好，頭髮也很凌亂，她用不穩的腳步邊跑邊整理著儀容，感覺隨時都會摔跤。

同時一名穿著酒紅色襯衫、黑色西裝褲的男人從ＢＭＷ駕駛座走出，他望向小梅他們的方向，面帶錯愕。

小梅見狀立刻丟下身上的書包和運動背包衝向那台銀色ＢＭＷ，她斷定就是從駕駛座走出的男人傷害了那名女子。男人看著小梅衝過來，驚覺狀況不對，一跳回駕駛座，伸手拉住門把，小梅已經跑到ＢＭＷ後車門旁的位子，一腳迴旋踢抵住駕駛座車門，男人使勁想關起車門，反覆往內拉了兩次卻抵不過小梅的腿力，他放棄抵抗將手收回車內並握住方向盤，看樣子是想直接把車開走，但小梅快速放下在車門上的腳，一伸手抓住男人的衣領，男人還來不及反應小梅的動作，差點被小梅拖出車外，但他隨即往車內使力，反覆與小梅拉扯。

在拉扯過程中，小梅瞥見車內凌亂不堪，擋風玻璃前堆著用過的衛生紙、空菸盒、打火機，副駕座位放著黑色包包，整車還瀰漫著菸酒臭味。

男人一手抓住小梅的手腕，想要將她扯下自己的衣領，另一隻手在排檔桿附近摸索，下一秒，他抓起放在飲料架上的杯裝飲料，連瓶身一起往小梅身上砸去。

小梅為了閃避飲料而退後因此鬆手，男人門也不關，流利地換檔，接著一邊駛離一邊把門關上。

小梅氣憤地在原地看著BMW開走，從頭髮、臉到上衣幾乎都被濺溼，要是沒有閃躲的話可能已經全身溼透了，還好只是普通的飲料，從味道和顏色來看應該是類似雪碧的無色氣泡飲料，如果是對人體有害的化學物質，後果早已不堪設想。

她後悔為了閃避飲料而讓男人逃走，但在確認攻擊自己的物體或物質前必須躲開對她來說是基本知識。

小梅瞪著車子開走的方向深吸一口氣之後吐了出來，眼神有如獅子的獵物逃走般氣憤又略帶沮喪。

冷風吹過小梅的身體，因為從頭到身體都溼了一點讓她忍不住打了冷顫，她腳步一踩回頭走往阿弘的方向。

阿弘和女子佇立在原地，女子面帶驚恐，似乎是受到不少驚嚇，阿弘感受到小梅怒氣沖沖，不自覺地躲到女子身後，像是在表達借他迴避一下。

女子感受到阿弘的步伐，回頭瞥了阿弘一眼，接著視線又回到小梅身上。

小梅走到他們面前，撿起剛剛丟到地上的書包和運動背包。她從運動背包中拿出毛巾擦拭自己的頭髮。阿弘瞄到小梅溼透的胸口，白色制服與身體緊密貼合，隱約可以看到裡面的白色內衣，阿弘臉頰變得紅潤。

「他是誰？」小梅看著自己又溼又黏的頭髮一邊擦拭，眉頭緊蹙。

「喔，我們是同校的啦。」阿弘移動到女子側邊看了她的制服，確認是與自己身上同樣的款式。

但小梅現在要問的不是眼前這位女子，可能是她在發問時視線也不在任何人身上，導致阿弘誤會。

「我是說車上那個人。」小梅抬頭瞪著阿弘，隨即把視線轉移到女子身上，像是在對她說快點回答我。

「我……」女子似乎驚魂未定，呼吸的頻率也很急促，眼眶濕潤通紅，臉頰上也留有一兩道淚痕，她試著調適呼吸，讓自己慢慢鎮定。

「算了，等一下再說。」說完，小梅用手上的毛巾甩過阿弘正臉，「你剛剛幹嘛不來幫我。」

阿弘只聞到毛巾上的髮香，他並沒有感覺到任何痛覺，他的表情又陷入陶醉，小梅又用毛巾打了他的臉一次，「你笑屁啊！」

「抱歉啦，我想說你一個人應該可以嘛。」阿弘似乎還沉浸在香味之中，態度輕浮。

女子深深吸了一口氣之後終於開口回答小梅，一聽到女子開口，他們便回歸正經。

「我也不知道他是誰，我在回家的路上看到那台車在我旁邊停下來，後來那個人就下車拿著刀對著我逼我上車，他把車開到這裡之後就開始對我毛手毛腳，我拼命掙扎，在他還沒對我怎麼樣之前就趁機逃了出來，後來就遇到你們。」女子一口氣說完後又開始啜泣，阿弘輕拍她的肩膀想安撫她的情緒。

「看樣子是個色狼嘍。」阿弘看著剛剛車子開走的方向。
「真的很謝謝你們，還好有你們在。」女子低著頭用手擦去臉上的眼淚。
「沒事就好，事情都過了。」阿弘用最簡單的話語來安撫女子。
「可是我很怕我等一下回家的路上又會再遇到他。」女子露出擔心的神情，因為剛哭完所以說話哽咽不清。
「他剛剛是往那邊走欸，妳家也是往那個方向嗎？」阿弘指向剛剛車子開走的方向看著女子。
「嗯。」只見女子默默點頭，心情好不容易稍微平靜下來。
「哦。」阿弘長嘆了一聲後緩緩將手從女子的肩膀上放下，隨後又開口說道：「那好像會遇到喔。」他一臉嚴肅靠近女子，用表情警告她路上很危險。
一陣強風吹過，氣氛顯得更加詭異。
女子聽到後退了一步，看樣子是被阿弘講的話嚇到，女子一臉驚恐地看著阿弘。
小梅對阿弘嘆氣，給予阿弘無奈的臉色。
白癡。
小梅將毛巾收回運動背包，她轉身朝著車子開走的方向邁開步伐一邊說道：「送她回家吧。」

9

女子的住處離道場不遠，雖然說是步行就可以到的距離，但也要走個二十到三十分鐘。比起道場周圍，這裡的人煙更為稀少，附近多半是獨棟住宅，只有幾間簡單的商家，女子走在小梅和阿弘前面為他們指路，越前進是越狹窄的巷弄，路燈也越來越少，由此推測女子的生長環境並不富裕。

由於路燈不多，附近的燈火又不通明，夜空的繁星顯得相當明顯。

「謝謝你們陪我回家。對了，還沒跟你們說我的名字，我叫怡琳。」女子心情平靜了許多，看來已經可以正常表現出自己平常的樣子。

怡琳……

阿弘總覺得這個名字很熟悉，好像最近才在哪裡看到過，但一時就是想不起來。

「怡琳……」小梅露出和阿弘同樣的表情，都是一副認真思考的樣子。

「怎麼了嗎？」怡琳對於他們表情滿腹狐惑，她不知道自己的名字有什麼問題。

「妳是二年五班的？」小梅的步伐逐漸放慢，阿弘和怡琳也跟著配合。

聽到小梅這麼問，阿弘終於想起自己是在那本學生名冊上看過怡琳這個名字，難怪當他看到怡琳的臉孔時有種說不上的熟悉感，應該是到二年五班那天被他視線掠過，在腦海中留下了印象。

「是司廣那班的對吧。」小梅在怡琳回答前又搶先補充了一句。

「妳認識司廣老師？」怡琳對於小梅說出了司廣的名字感到驚訝，而且以小梅的口吻好像與司廣很熟識，怡琳停下了腳步。

阿弘看小梅不想回答，大概猜到因為怡琳還沒回答她的問題又反問了小梅，讓小梅感到不快。為了化解尷尬，阿弘代替小梅回答了怡琳：「那是她老爸。」

「妳是司廣老師的女兒？」怡琳眼睛瞪大著看著小梅，她又繼續問道：「那妳知道他為什麼要請假嗎？他去哪裡了啊？」

「我不知道。」小梅顯得更不耐煩，她獨自邁開步伐。阿弘和怡琳也起步跟上。

「班上還好嗎？」阿弘故意這麼問是為了不讓怡琳再對小梅問東問西，否則小梅一定會越聽越煩躁，另外，他想小梅應該會對這個問題有興趣。

「班上……除了換了代課老師外，其他應該沒什麼改變，要說特別的事的話……在司廣老師請假之後，有一位同學跳樓自殺，但班上的人盡量不提起這件事，畢竟這種電影或是電視新聞裡才會看到的事情活生生發生在自己面前，誰都不會好受。」

「有人自殺？」小梅回頭看了怡琳，她慢下腳步，與怡琳並肩前行。阿弘則是跟在他們身後默默聆聽她們交談。

如阿弘所料，這個話題的確吸引了小梅注意，但聽到有人跳樓自殺的事件，阿弘自己也有些許驚訝。

小梅給予阿弘眼色，像是在對他說——有這種事情你怎麼不早點告訴我。

「不要看我啦，我很少去學校。」阿弘傻笑。他感覺肚子有點餓了，又從書包拿出肉包開始大快朵頤，雖然已經冷冰冰的，但對他來說還是相當美味的美食。

「妳說有人自殺是怎麼回事？」小梅又問了怡琳一次。

「你們沒有看到新聞或是報紙嗎？不久前一直有在報導女學生墜樓的新聞，那就是我們班上的女生。也對啦，報導中沒有說是哪間學校。還有，學校也盡量壓下消息，還告訴大家不要在外面到處宣揚。」

小梅立刻想到平安夜那天在詩華家看到的新聞，她從沒想過那會是自己父親班上的學生。以時間來推算，那是她偷偷到夕山高中前發生的事，但為什麼點名單上沒有學生有一整天未到的紀錄，照理說應該會被記錄一整天曠課才對，小梅捏住自己的下唇。

「妳說那個自殺的叫什麼名字？」小梅嚴肅地問了怡琳。

「她叫陳艾莉。」

陳艾莉，小梅對這個名字也有印象，除了剛剛簡單翻過學生名冊外，在二年五班的點名上也有看過。

「既然她都不在了，那她的名字還會出現在點名單上嗎？」小梅其實是想問為什麼點名單上沒有她的曠課紀錄，但她不能問的那麼直接。

「是還會在啊，點名單都是整學期才會更新一次，所以也不能說突然從點名單刪除她的名字。」

「那你們還需要紀錄她的出席狀況嗎？」

「這倒是不用，因為大家也都知道她的事情，包括在學務處登記的老師，所以並不用特別紀錄。」

小梅的疑問得到了解答，她點了點頭。但不安的感覺又在她心中衍生出來，更加強了她的懷疑。

難道這個艾莉真的跟司廣有著什麼關係？雖然不願意這麼想，但她懷疑艾莉的自殺和司廣失蹤並不是偶然。

正當小梅有更多疑問想要請教怡琳時，怡琳卻停下了腳步。

「我家到了。」

小梅和阿弘也跟著停下來，這裡已經是非常狹窄的巷尾，前面是被水泥牆和雜草擋住的死路，這裡都是大約只有兩三層樓的獨棟透天住宅，每棟緊密相連，從外表看起來屋齡大概都有二十到三十年了，相當破舊。

「這裡就是我家。」怡琳指著左手邊這間三層樓的屋子，外觀簡陋，「謝謝你們，還好有你們我才可以安心到家。」

怡琳走到自家門口，對他們揮手示意道別。

「下次在外面要小心喔。」阿弘抬了一下下巴，表示對怡琳的關心。

怡琳對著阿弘微笑，也表示收到了阿弘的心意。

「欸，我還有些事情想問妳，妳方便下次再見面嗎？可以的話也交換一下連絡方式好嗎。」小梅神情嚴肅地對怡琳說。

「好啊，這樣的話……」怡琳的話停頓了一下，她從裙子的口袋拿出手機對著螢幕操作，「這是我打工的咖啡廳，下次你們有空的話可以一起來這裡吃飯。」怡琳把手機畫面轉向小梅和阿弘兩人，畫面裡是咖啡廳的電話和地址，店名叫做「老漾咖啡」。

小梅和怡琳交換了聯絡方式，也輸入了咖啡廳的資訊。

「你們咖啡廳有賣肉包嗎？」阿弘看著小梅的手機畫面後看向怡琳，只見怡琳笑得尷尬。

「白癡。」小梅邊操作手機邊對阿弘嘀咕。

輸入完怡琳的聯絡方式和咖啡廳的資訊後，小梅與怡琳揮手道別，還沒看到怡琳進門，她就與阿弘循著原路離開了。

10

河堤邊聚集著一整排年輕人，有的圍成一圈烤肉，有的在玩煙火並高聲歡呼，這裡是離小梅家不遠的河堤，平常根本不太會有人，只會偶爾有慢跑的人從這裡經過。

上弦月高掛在天空，今年的最後一天，阿弘約了小梅到這裡度過跨年夜。兩人並肩坐在河堤，他們沒有像其他人一樣在烤肉或是放煙火，只是靜靜地坐著而已，或許他們現在也沒有那種心情。

火藥味、烤肉味、香菸味充斥在空氣之中，混雜的味道令人作嘔。

「妳老爸有消息嗎？」阿弘問道。

小梅沒有開口回答，只看著前方搖了搖頭。從司廣沒有回家以來，小梅每天都會試著撥電話給他，起初一天會撥個十幾通，但現在一天頂多試個一兩通，今天也是，依然得到如預期的結果。

「已經一個多禮拜了吧，要不要報警了。」

小梅依舊搖了頭表現出決然的態度，她眼眶佈滿血絲，整個溼潤起來。她很想知道司廣的下落究竟為何，但現在卻無任何音訊，甚至是生是死都不知道，一旦交給警察，她害怕得到的消息是她最不敢面對的，況且前一天才得知司廣班上有同學過世，她不得不把這件事聯想在一起，使她更加不安。

阿弘看著小梅堅決的樣子，也不願再多費口舌，他也能知道小梅想靠著自己的力量找到司廣。

當小梅和阿弘兩人都沉默不語時，周圍的人全部都起了騷動，他們都把煙火在地上擺好，隨時準備發射。

「十、九、八、七、六、五、四、三、二、一……」河堤邊的所有人異口同聲高喊，接著大聲歡呼，許多互相不認識的人也相繼道賀。

耳邊頓時充斥著煙火和鞭炮的爆炸聲，混雜著人們的歡呼及尖叫讓小梅和阿弘震耳欲聾。

小梅按住自己的太陽穴，她完全無法融入周遭的氣氛，眼前的人樓及許多建築物都放出絢麗繽紛的煙火點綴了整片夜空，月亮也依然沉穩地高掛著。

明明應該是愉快的跨年，拋開過去的不高興並迎接新的未來。

但世上一定也有很多人有著就算跨了好幾個年也拋不開的過去，小梅這麼心想著。

看著眼前的煙火，不知為何讓小梅感到豁然開朗，似乎燃起了她的動力。

小梅告訴自己不能輕易被這種事擊敗，好歹自己是個就讀名校的高材生，沒有什麼事情是她不能解決的。

小梅握緊拳頭重新振作，她用力敲了阿弘的手臂。

「欸，新年快樂啊。」

正在看煙火的阿弘被小梅這一拳嚇到，「幹嘛啊，很痛啦。」

當阿弘看到小梅的表情時令他震驚萬分，剛才眼眶還泛淚的小梅，現在竟然是如此自信的眼神。
阿弘噗嗤地笑了出來，「妳是吃了什麼藥啊。」
小梅用力地捏住阿弘的鼻子，「什麼都沒吃！」
阿弘發出豬一般的叫聲，面目猙獰。
果然是練了很久的空手道，這手勁可不是一般女生能擁有的。
阿弘臉色表現得痛苦，內心卻是愉悅。從外人看來，他和小梅現在的互動就像情侶一樣。阿弘心跳加快，他感覺到自己體溫有些上升。
其實阿弘今天約小梅出來，就是希望小梅可以放鬆一下心情，看到小梅的微笑，阿弘也自然地為她感到高興。
小梅放下捏住阿弘鼻子的手，狠狠地瞪著他，但嘴角是揚起的笑容。
看著小梅的笑容，阿弘有種全身觸電的感覺，酥麻感從胸口延伸到全身，他從來沒有感受過這種感覺，是因為難得有朋友可以關心自己而感到開心，或是自己對小梅其實有更多感情，他無法確定。
他們在河堤邊聊著天，看著周圍的人群漸漸散去。
「明明是從小就認識了，怎麼突然有種我們才剛認識的感覺。」阿弘看著遠方燦笑著說。
「因為很久沒見面了吧，最近才突然又有交集，而且你也改變蠻多的。」
「說的也是，哈哈。我們是在道場認識的吧，看到妳家裡多那麼多獎盃，而且都是冠軍，空手道一定又變強了。」
「普普通通啦，都是對手太弱。」小梅舉起一隻手對空氣揮了兩下。

「臭屁什麼啊。」阿弘整句話拉了長音，身體微微向後仰。

小梅把臉轉向阿弘，「我倒是沒問過你，你當初為什麼會去學空手道？」

「沒什麼啊，當初是我爸媽叫我去學的。隨著他們過世後我就再也沒碰空手道了。」

「是喔。」小梅把臉轉向遠方。

「妳呢？」

「我什麼？」

「我說妳為什麼會學空手道。」

「不甘你的事。」小梅在每個字中間停頓，帶有些許挑釁的意味。

阿弘深吸一口氣，小梅的傲氣讓他感到又愛又恨。他把臉轉向小梅，「喂喂，妳做人的方式也太失敗了吧，同樣的問題要我回答妳，自己卻不回答我。」

小梅也把臉轉向阿弘，眼神銳利也帶著微笑，「怎樣。」

夜色逐漸轉亮，人群也散得差不多了，熱鬧吵雜的環境也跟著回歸安寧，河堤邊多處也留下大小包的垃圾。

碰撞聲打斷了小梅和阿弘的交談，兩人同時望向聲音傳出的方向，一位老年男子跌坐在右手方不遠處。男子留著稀疏的白髮和雜亂鬍子，身形消瘦，旁邊的地上有一輛橫倒的腳踏車及散落的回收物。

阿弘起身快步走到男子身邊，他幫男子把腳踏車扶起來後將散落在地上的回收物一一整理好裝回垃圾袋。

小梅漫步走到他們旁邊也跟著幫忙。

阿弘隨口問了男子一句餓不餓，便從外套內裡的口袋拿出手掌大小的肉包，肉包用紙袋裝著，他把肉包遞到男子面前。

「你不留著自己吃嗎？」男子問。他的表情又驚又喜。

阿弘又從另一邊的口袋拿出一個肉包，對著男子笑說：「我還有啊。」說完，阿弘就咬了一口肉包。

「快收下吧，這很好吃的，雖然有點冷掉了。」

男子放下手邊的垃圾袋和回收物，收下阿弘手上的肉包，但他沒有直接吃掉，而是收進小塑膠袋裡，放到腳踏車前的置物籃。

「謝謝，謝謝。」

陪著男子整理完，阿弘和小梅目送他離開，男子則是頻頻道謝。

看著男子的背影，他走到了河堤尾端，那邊靠近馬路，阿弘輕聲地說：「小心啊，老頭子。」

小梅站在阿弘身邊，她從未見過一向隨興又不正經的阿弘會有這種舉動。

「我還以為你這小混混只會搶別人的錢。」小梅調侃似地說。

「每個人的生活，都很辛苦的。」阿弘卻是一派正經。

兩人沉默了一會，下一秒阿弘便收起正經的態度，一派輕鬆地問小梅：「妳爸現在不見了，那妳有錢吃飯嗎？」

「不用你管啦！」

「還是你要到餐廳之類的地方打工啊？」

「我才不要！」

天色已亮，或許因為整夜沒睡的關係，小梅感受到胃部疼痛，感覺胃酸在她的胃中無情翻滾，她用手用力按住自己的腹部。

阿弘察覺到小梅臉色有點難看。

「妳怎麼了啊？」

「沒什麼，肚子有點痛而已。」比起剛剛，小梅現在說話有些無力。

「肚子痛？一定是太餓了。」

阿弘把手伸進外套內裡的口袋，在他把手拿出來前，小梅阻止了他。

「白癡，我只是因為很久沒熬夜的關係啦。今天突然沒有睡覺，身體還不習慣。」

雖是這麼說，但從司廣下落不明後，小梅就已常常沒睡好了，只是今天的不舒適感更加劇烈。

阿弘的手緩緩離開外套口袋，但還是拿出了肉包。

「那我就自己吃了喔。妳真的不要？」

「不要啦！你到底是怎麼在身上藏那麼多肉包啦。」小梅面露無奈，卻又覺得好笑。

阿弘看著小梅，也跟著笑出聲音。

他們坐回河堤邊，阿弘吃著肉包，小梅則拿出手機。阿弘猜想她大概又是要打給司廣。

小梅聽著手機，撥通後，鈴聲響起，響了一次、響了兩次……鈴聲在響到第三次的時候斷掉。小梅掛斷電話，又重撥了一次，雖然大概會如預期沒有任何回應，但她仍想不斷嘗試。

鈴聲再度傳到小梅耳中，又響了一次、響了兩次，鈴聲在第三聲響到一半時斷掉，當小梅打算把手機從耳邊放下時，她聽到令她意外的聲音。

手機內傳出陣陣雜音，而且沒有聽到「您所撥的號碼無回應……」等訊息，小梅眉頭緊蹙，深吸一口氣。

阿弘嘴裡咀嚼著肉包，他看著小梅的表情有點不太對勁，開口詢問狀況。

「喂，妳怎麼了，妳……」話還沒說完，他就被小梅迅速推了一下肩膀，似乎是想叫阿弘先安靜。

小梅繼續聽著手機，雜音持續傳出，她把手機從耳邊拿開看了手機畫面，已經是通話中的狀態，且已經有十秒的通話時間。

小梅又把手機放回耳邊，「爸……」她脫口說出。

手機內接著傳出摩擦及碰撞聲，她聽到一個成熟男人的呻吟聲，聲音模糊不清，就像嘴巴被封住一樣，但她聽得出來那個聲音是在喊著她的名字：「小梅。」

她認定那就是司廣的聲音。

小梅眼眶逐漸泛紅溼潤，胃部的疼痛更加劇烈，心臟有如從高樓瞬間墜落的不安全感，睡意全失。

「爸！」她對著手機大喊：「你在哪裡？快回答我！」握住手機的那隻手爆出青筋，感覺隨時有可能把手機捏碎。

突然，手機通話中斷了，小梅嘗試著再撥打回去，但這次在鈴聲響起之前就斷掉了，這代表對方切斷了手機電源，不然就是電量歸零。

小梅放下手機，一陣不知所措地坐在原地。

「打通了。」小梅雙手抱住膝蓋看著地上，她不願抬起頭。

「什麼？」

「手機打通了，我聽到了爸的聲音。」

「然後呢？他說了什麼？」阿弘快速吞下口中的肉包，他的情緒也跟著緊張，比起緊張，應該說是興奮。

「我聽不清楚，聲音很模糊，而且他好像很痛苦。」小梅說話的語氣開始哽咽。

「妳先冷靜一下。」阿弘對小梅說道。

小梅無法形容自己現在的心情，雖然打了一個多禮拜的電話終於接了，也確定了司廣還活著讓他稍微放心下來，但他的聲音聽起來相當痛苦，此刻小梅心急如焚。

她強忍住淚水告訴自己要堅強，現在已經確定了父親還活著，那就一定要趕快行動，但現在根本無法專心思考。

小梅握緊拳頭。

阿弘靜靜陪在小梅身邊，什麼都沒說也不知道該說什麼，他能感受到小梅現在的心情非常複雜，畢竟他也體會過類似的事情，但聽到司廣還活著，他也替小梅鬆了一口氣。

「怎麼辦？」小梅抬頭看了阿弘一眼，隨即把視線別開。

「這種問題怎麼是妳問我啊？」阿弘抓了抓後腦勺，表情有點不知所措，他從未見過小梅如此無助的模樣。

「妳是小梅欸！」

11

自從跨年夜手機接通後，小梅沒有再成功通話過，正確來說，應該是從元旦那天。

一月二日一大早，小梅翹了學校的課，她搭公車到夕山高中山腳下，需要步行一小段路上山才能到夕山高中。

這兩天小梅完全沒有睡好，上山過程中，就算坡度不算太抖也使她頭暈目眩，冷風直灌她的腦門，她用大拇指使勁按壓太陽穴來舒緩疼痛。

一走進教務處，一個頭禿了半邊，戴著眼鏡，眼睛很小的中年男子馬上認出小梅，男子面容和藹，笑道迎接。

「呦，這麼早就過來了啊。」

他是夕山高中負責教務處行政工作的陳老師，很久以前曾經到小梅家拜訪過司廣，所以小梅對他還留有印象。

「妳突然聯絡我還有點嚇一跳，沒想到妳還記得我。」

小梅是在司廣的書房找到陳老師的名片才得以聯絡到他，一聯絡上便馬上和陳老師約了時間。

小梅環視教務處，不算大的空間塞了二十張左右的辦公桌，但現在坐在座位上的老師只有少數幾位，一旁有會客專用的沙發和茶几，陳老師伸手示意小梅到那裡坐下。

天氣陰霾，加上教務處的窗是面向北方，透不進太多光線，室內顯得陰沉昏暗。

小梅和陳老師面對面坐了下來。

「妳今天不用去學校上課嗎？」陳老師看著小梅穿著便服便好奇地問，她穿著棉質的藍色運動外套，下半身是深藍色的牛仔褲。

「今天不想去，學校教的東西我早就都會了。」

「唉，腦袋好的學生就是這麼任性，我以前念書的時候都是班上最後幾名，就算感冒想在家休息都不行。」陳老師搔了搔自己的後腦勺。

「妳爸爸呢，最近還好嗎？」

聽到陳老師這麼一問，小梅眉頭緊蹙，她右手反射性地捏住自己的下唇。

果然連學校老師都不知道司廣失蹤的事。

「嗯，還好。」小梅看著窗邊，她的心虛讓她無法注視陳老師。

「嗯……」小梅再度將視線轉回到陳老師的臉上，因為陳老師的眼睛太小，小梅也不知道他有沒有在看自己，「可以讓我看看爸爸的請假紀錄嗎？」

「咦?!」陳老師抬起眉頭，他額頭上的皺紋顯得更深。

「啊，是我爸叫我順便來看的，他說上次填寫得太急怕有錯誤，我來幫他確認而已。」

陳老師往椅背一靠，「這樣啊，妳等我一下。」

小梅心如鼓擂，她很少這樣撒謊，尤其是對長輩，要是一不小心說錯什麼都會使對方懷疑。

陳老師走到牆角的櫃子，他拿出一本厚厚的資料，那是紀錄所有教職員出勤狀況的紀錄本，他在厚重的紙堆中翻找，拿出了其中一張。

陳老師把其餘的資料放回櫃子，拿著剛剛抽出的那張回到沙發上。

陳老師把資料舉在眼前，他提起眼鏡做了確認，看樣子是有老花眼。

「應該是這張沒錯。」陳老師把手上的紙張遞給小梅。

小梅仔細閱讀了資料內容，假別是事假，請假原因只寫了家庭事務，請假日期從去年的十二月十五日到今年的一月十五日。小梅眼神銳利，快速將這些資訊刻印在腦中。

「怎麼樣，有錯誤嗎？」

「嗯，沒有，謝謝。」小梅把資料還給陳老師。

「唉，這次請這麼長一個假，我還以為你們家裡發生了什麼事。」

陳老師又從沙發起身，把司廣的請假資料放回櫃子，一邊說道：「好吧，我們趕快進入正題，妳今天來要問的是……」

小梅從運動外套的口袋拿出手掌大小的筆記本和原字筆。

「我是我們學校新聞社的社員，想問問前陣子女學生墜樓的事件。」

說是新聞社的社員當然也是騙人的，但小梅就讀的學校的確有新聞社。

「竟然還有新聞社，果然是首屈一指的名校。」陳老師緩緩走回沙發坐下，接著又說：「我先說好了，太詳細的我無可奉告，我們已經被那些記者煩得要死了。再說，警方那邊也還沒結束調查。」

「還沒結束調查？」

「是啊，除了第一天警方大範圍搜查以外，後來還是會有少數警察來到學校，但我們都希望警方能避開學生的目光，免得學生上課不專心。」陳老師說的第一天，指的當然是發現屍體的那天。

「這麼說來，目前還不能確定墜樓的原因嘍？」

「沒錯。」

「墜樓的時間是去年十二月十八日的凌晨對吧？」

小梅在到夕山高中前，已經調查過艾莉墜樓的相關報導。

「是的。」

「那我可以請問艾莉平常在學校的狀況嗎？有沒有常常請假或是曠課的情況？在校成績怎麼樣？」

「還真的跟警察和記者問的問題一模一樣。」陳老師露出不耐煩的表情。

「真抱歉，請見諒。」

「看在妳是司廣的女兒我就回答妳吧，要是警察和記者再問我可就不想回答了。」陳老師身體前傾，將手肘放在膝蓋上，「我看艾莉的出勤紀錄是沒有無故的曠課，有時候上課會遲到幾分鐘，或是偶爾請病假，和一般學生沒什麼不一樣，不過像她這樣，在我們學校可以說是模範生了吧。成績倒算是一般般，沒有說很優秀，但至少每科都有達到班上的平均值。」

小梅振筆疾書，她覺得自己現在就像是電影裡的刑警在辦案一樣。

「在班上和同學相處的狀況呢？事件發生前有沒有遇到不開心的事？」

「這個妳就要去問他們班上的同學了，我只是在教務處負責行政工作的，眼裡只有數字和文字。」

「好的。那請問是誰先發現屍體的？」

「值早班的警衛。早上巡邏的時候在教學大樓正下方的柏油路發現。」

夕山高中的教學大樓有六層樓高，如果從頂樓墜落，加上是柏油路面，完全沒有緩衝物，確實足以致死。

「早上才發現？警衛不是應該二十四小時駐守嗎？怎麼會拖這麼久？而且從那麼高的地方掉下來應該會有很大的聲響吧。」

聽到小梅這麼問，陳老師的眉毛變成八字形，嘴巴張大嘆了一口氣。

「哎呀，我們的警衛就是這樣，他們覺得這種偏僻的山上不會有遭小偷的問題，常常偷懶，半夜想睡的時候就直接趴在警衛室的桌上睡著了，根本算是沒有人在管理校園。就是因為這次的疏失，校長打算等合約到期重新換一批警衛。這可真是麻煩到了我們行政人員。」陳老師帶著責備的口吻。

「原來如此……那合約到期大概是什麼時候？」

「大概是這學期寒假開始後，一月二十日左右吧。」

小梅在筆記本仔細記下陳老師說的每一個細節。

「那我再問一個問題。」小梅又接著說。她的眼神有些改變。

「請。」

「你剛剛說……還以為我們家發生了什麼事……」小梅放慢了說話的速度。

「喔，我是看他一次請那麼長的假就順口問了他，他只跟我說沒什麼事，不用擔心，後來我就沒再多問了，也不好意思多問什麼。」

聽到「不用擔心」，小梅的胸口湧起了一股灼燒感。

「所以妳爸幹什麼去了，他也沒跟妳說啊？」

「應該是……處理跟媽媽的事情吧，我也不太清楚。」小梅覺得口乾舌燥，現在的感覺比空手道比賽被對方得分還要糟。

「這樣啊，和我猜想的差不多嘛，幫我跟你爸問聲好。妳也不要管妳爸太多，大人的事就少插嘴一些吧。」

陳老師和司廣算是熟識，所以也知道他離婚的事。

小梅點了頭。

「還有什麼問題要問嗎？」

「關於這次的事件之後，校方有採取什麼樣的措施以防止類似的事情再發生嗎？」

小梅問了一個自己沒有興趣的問題，但看著陳老師的眼神，他似乎很有意回答。

「我們校方決定加強對學生的輔導機制，想必這次事件一定有很多人受到驚嚇……」陳老師以公事化的口吻說著。

小梅根本沒有認真在聽，司廣的請假資訊反覆在她腦海中掠過，手上的筆記也只是隨便寫寫。

請假原因寫著家庭事務，但他明明就不在家，難道真的是在處理跟媽媽的事情？還是說是哪邊親戚的事……，不對，再怎麼說，處理家裡的事也不可能一聲都不說就消聲匿跡好幾天，而且好不容易被接聽的那通電話，完全不像是在處理什麼事情。

另外，請假日期是從去年的十二月十五日開始，聯絡不上爸的那天是十二月十七日，這麼說來，他早就請假了，他早就知道自己會失蹤？

而且那個叫做陳艾莉的，墜樓時間是在十八日，跟司廣失蹤竟然只差一天，簡直湊巧到不可思議。

腦汁在小梅的腦中不斷攪動，反覆思考又使她頭疼劇烈。

「怎麼樣，有沒有幫助到妳做社團作業？」

小梅回過神，她發現拿筆的手已經放在自己的下唇，她不知道陳老師剛剛到底講了多久，筆記本上也是她自己都看不懂的隨筆。

「嗯，有，謝謝。」小梅把筆記本和原字筆收回口袋。

「那就好，妳今天精神看起來不太好呢。」

「應該是昨晚沒睡好。」

小梅從沙發上起身，第一節課下課的鐘聲響起，校園頓時充斥著吵雜聲。

「今天打擾了。」

「不會。」

陳老師也從沙發上起身，兩人走到教務處門口停下。

簡單地道別後，小梅走出教務處，她看著灰暗的天空，濃陰蔽日，雨滴漸漸落下。

12

「老漾咖啡」是老宅改造餐廳，店內的牆壁和地板都使用木頭材質，桌椅則是簡約的黑白色系塑膠桌椅，牆上的架子上有許多復古擺飾，流露出文藝氣息。

小梅和阿弘並肩坐在店內中央四人座的位子。他們大約九點五十分到這裡，離怡琳下班還有十分鐘。

阿弘看著在座位上發呆的小梅，眼神空洞，他忍不住心癢想伸手捏小梅的鼻子，正當他的手快碰到小梅的鼻子時，小梅像沉睡的獅子突然驚醒般，眼睛瞬間聚焦，抓住阿弘的手往旁邊甩。

小梅撇頭瞪了阿弘一眼，發出嘖的一聲。

阿弘連忙別開視線，不一會又繼續望著小梅，小梅依然低頭沉思。

此時怡琳正忙著幫其他客人點餐，今天店裡的位子幾乎全部坐滿，所有服務生都忙得不可開交。

阿弘持續注視著小梅的側臉，心跳莫名加快，臉頰微微漲紅，他想找些話題與小梅攀談，卻不知道該如何開口，嘴巴就像被堵住一樣。

阿弘眼前出現許多粉紅泡泡圍繞在小梅四周，他感覺到時間似乎靜止，就算咖啡廳內有再多聲音都傳不進他的耳裡。

阿弘正試著想些方法吸引小梅的注意。

如果要聊天的話該跟她聊什麼才好？這種時候絕對不能聊些太嚴肅的話題，啊，聊食物好了，她喜歡吃咖哩，就問她除了她家對面的咖哩，還有沒有喜歡哪一家的。

阿弘暗自竊喜，就像得到了某種啟發，他握緊拳頭，深吸一口氣。

啊……嗯……

阿弘發出連自己都聽不太到的聲音，他緊張地在自己身上到處抓癢，抖著腳。

不知道過了多久，阿弘始終沒有開口，小梅也沒察覺到一旁的阿弘一直坐立難安。

當阿弘決定一鼓作氣開口時，嘴巴才張了一半，怡琳就衝到小梅對面坐了下來。

「不好意思，不好意思，今天客人有點多。」怡琳在說「不好意思」的時候，語氣特別加重。她已經把店內的制服換回學校制服，書包放在旁邊的空座位。

阿弘失望地把頭靠在桌緣，一語不發。牆上的時鐘指著十點十分。

小梅親切地微笑，她把放在自己面前的杯裝飲料拿給怡琳，那是來這裡的路上順道在手搖飲料店買的。

「這個請妳，上班辛苦了。啊，在這裡帶外面的飲料會不會不太好。」

「應該沒關係吧，謝謝你們。」怡琳插下吸管開始啜飲，是微甜的養樂多綠茶。

怡琳回頭叫了一名女店員，她告訴女店員這桌要點餐。聽到「點餐」時，阿弘馬上抬起頭來。

「稍等我一下喔。」女店員在遠處高喊。

「你們想要吃什麼樣的餐點，我可以推薦給你們喔。不過沒有肉包就是了。」怡琳視線轉向阿弘，咬著吸管露出牙齒微笑。

「我喝咖啡就好了。」小梅回答。

「那我就……吃三盤義大利麵好了。」

聽到阿弘說出「三盤」，怡琳瞪大雙眼問他：「你確定嗎？」

「確定。」阿弘點頭。

女店員過來之後，幫他們點完餐點便快速回報廚房。「老漾咖啡」通常只營業到晚上十點，最近因為開業週年而延長營業時間至凌晨兩點。

「妳說自殺那個人，叫做艾莉對吧？」小梅問怡琳時，「自殺」兩個字講得特別用力。

「對啊，怎麼突然問起她的事？」

「只是隨口問問。」

「妳跟她熟嗎？她是怎麼樣的人啊？」阿弘突然開口問道。

「嗯……她其實很少和班上的人聊天，應該說不主動找她說話的話，她不太會與其他人交談。幾乎沒有人了解她。」

「所以說就是沒什麼朋友嘍。」

「差不多是這個意思，所以大家知道她過世之後，好像沒有人特別難過，只是覺得這種事發生在自己班上會有些沉重。」

「而且……」怡琳又接著說：「她很奇怪，上課好像常常打瞌睡，又老是發呆，好像一直在想著什麼事一樣。」

「那下課時間呢，她都在做什麼？」小梅認真的態度似乎有點嚇到怡琳，但怡琳沒有多問便繼續回答。

「她……平常除了上廁所之外，也幾乎都在自己的位子上，可是啊……」怡琳刻意壓低音量，「前陣子我注意到，她有時候會到老師的辦公室去找老師，而且還有說有笑，完全不像她平常的樣子，我沒看她那麼開朗過。」

「等等，妳說的老師是……」

「就是我們班導師，司廣老師。班上有些同學都在熱烈討論著他們是不是有一腿的八卦。」

小梅從鼻子重重地吐出一口氣。

「啊，對不起，一時間忘記妳……，是不是不該對妳說這些。」怡琳皺著眉頭，尷尬地笑。

「沒關係，謝謝妳告訴我。」

我一定要搞清楚那個艾莉和我爸到底是什麼關係，小梅在心中嘟囔。

女店員走到他們桌旁，他們的談話因此中斷。女店員把托盤上的咖啡、三盤義大利麵和餐具放到小梅和阿弘的面前，「請慢用。」

女店員離開後，阿弘抓起餐具，大口大口吃起義大利麵，橘紅色的醬汁沾滿嘴角。

小梅從椅背上的書包拿出手機，她對著螢幕操作後遞給怡琳。

「請妳聽一下這個，按一下播放鍵就可以了。」

怡琳從小梅手中接收手機，點了一下螢幕後把它放到耳邊。

那是小梅從錄音筆複製過來的聲音檔案，但她只保留了女聲的部分，疑似司廣的聲音已經被她過濾消除。

「怎麼樣，這個聲音。」小梅問道。

「這是……」怡琳把手機拿開耳邊，接著對小梅說道：「艾莉的聲音。」

果然沒錯。

小梅喝了一口咖啡，苦味在她口中慢慢擴散。她的猜測得到了證實。

「妳怎麼會有這個？」怡琳把手機還給小梅邊說。

小梅保持了一陣沉默，之後便開口道：「我可以加一點糖嗎？」

怡琳察覺小梅在迴避她的問題，便不打算繼續追問。

「妳要糖的話，就放在櫃檯上的小抽屜裡，我去幫妳拿好了。」說完，怡琳便離開座位走向後方的櫃檯。

「果然是艾莉沒錯呢。」阿弘邊吃著義大利麵，小聲地對小梅說。這時阿弘已經在吃第二盤了。

「嗯。」

「陳艾莉嗎……以前完全沒聽過這個名字。」阿弘嘴裡塞滿了義大利麵使他說話模糊不清。

「你又不去學校怎麼會聽過。」小梅瞪著阿弘說。

「哈哈，說的也是啦。」

怡琳回到座位後把糖粉包和攪拌棒交給小梅，小梅只加入約三分之一，她稍微攪拌後又嚐了一口。

這時一個想法在小梅腦海中浮現，司廣的請假原因寫著家庭事務只是隨便亂寫，事實上是為了跟艾莉有關的事。如果是這樣，失蹤和墜樓的日期只差一天就不會顯得那麼湊巧了。

「總之艾莉就是個奇怪的人，完全搞不懂她為什麼要自殺。」怡琳看著眼前的養樂多綠茶喃喃自語。

　　這時怡琳後方傳出清脆的碎裂聲，店內頃刻間安靜下來，所有客人的注意力全集中到聲音的方向。剛才的女店員蹲在地上收拾碎裂的碗盤和散落的食物。女店員望向怡琳喊道。

「怡琳，來幫我一下。」

「可是我下班了欸。」怡琳的語氣帶著些許不甘願。

「快點啦。」女店員催促。

怡琳回頭向小梅和阿弘示意：「不好意思喔，失陪一下。」

小梅用下巴指了女店員的方向，怡琳便連忙前往幫忙清理。

怡琳不在位子上的同時，阿弘的三盤義大利麵已經全部解決，他拿起紙巾擦了嘴巴，臉上露出滿足的表情。

「真希望誰發明個義大利麵肉包。」阿弘摸了摸自己的肚子。

「神經病。」小梅白眼阿弘，喝了一口咖啡。

不久後，怡琳回到座位，視線在小梅和阿弘身上交錯，微微笑道。

「你們兩個是情侶嗎？」

小梅差點把口中的咖啡噴了出來。

「誰跟這個白癡是情侶啊！」

「哈哈，抱歉抱歉，我好像不該問的。」怡琳雙手放在胸前交互擺動了兩下，接著又說：「可是……你們感覺真的蠻配的欸。」

阿弘注視著小梅，似乎是期待小梅的反應。

小梅則是一笑置之，喝光了手中的咖啡。

13

「我們到了。」阿弘掛上電話。

在學校的時候，阿弘用簡訊約念庭放學後見面，經過討論，他們決定相約在念庭家。

念庭家坐落於規劃整齊的住宅區，區內綠樹茂密，房子也都相當新穎，看得出來生活環境不錯，從學校搭公車也只要約二十分鐘就可以到了。

放學後阿弘沒有直接到念庭家，他先和小梅約在附近的便利商店後再一同前往。

阿弘和小梅在住宅區內踱步，他們不知道念庭住的是哪一棟，正當他們左右張望時，前方不遠的大門被開啟，念庭探出頭向他們揮手。

念庭家住在區內某棟大樓的七樓，家中裝潢雅緻，可以推斷家庭經濟狀況應該不錯。

念庭請阿弘和小梅先到客廳坐下，客廳的沙發是L型的沙發組合，分別是三人座和兩人座，阿弘和小梅在三人座的那一邊坐下。念庭從廚房端出兩杯熱水，分別放在阿弘和小梅面前的茶几上。

家中除了念庭、阿弘和小梅外似乎沒有其他人在，於是阿弘出自好奇地問道。

「妳一個人住喔？」

「沒有啦，我爸媽都外出工作了，人在國外。」念庭在自己面前揮了兩下手。

能出國工作想必一定是很厲害的人吧，阿弘心想。也對，一個高中女生獨自住在這麼好的房子似乎是不太可能。

念庭在兩人座的沙發坐下。

「啊，旁邊這位是我的朋友，她是他們學校新聞社的社員，想問問妳一些事情。」阿弘指著小梅對念庭說道。

這些當然是小梅事先叫阿弘這麼說的。阿弘知道小梅想偽裝成新聞社社員時，心裡不禁覺得好笑。

「喔，這樣啊，當然好啊，妳想要問什麼？」念庭表現得開朗，感覺很樂於與人交際。

「關於妳們班有位叫陳艾莉的同學，她是個怎麼樣的人？」

聽到小梅這麼問，念庭大概猜到她是想調查關於前陣子艾莉墜樓的事。

「她……不太愛說話，而且常常看她沒事就是在座位上，好像一直在煩惱什麼的感覺。」念庭一邊回想一邊說道。

「煩惱什麼事……？」

「嗯，我曾經試著找她聊天，因為身為副班長，所以想好好認識一下每一位同學。」

小梅點了下頭，示意念庭繼續說下去。

「她給人的感覺很單純，也感覺傻傻的，還說過什麼想要住在有城堡的地方之類的，感覺就像小孩子一樣。」

小梅習慣性地捏住下唇。

「還有呢？她還有沒有跟妳說過什麼？」小梅說話的樣子比剛剛略顯急躁，她拿出筆記本和原字筆紀錄下念庭所提供的陳述。

「我跟她就那一兩次交談過而已，好像沒什麼其他特別的。」念庭歪著頭努力回想。

「沒關係，有沒有什麼特別的由我來判斷。」小梅的語氣有點咄咄逼人。

「嗯……就聊聊她有沒有在打工，有沒有喜歡的男生之類的，這些都是剛開學的時候的事，我只記得這些了。」

「然後呢，她怎麼說？」

「她說她沒有在打工，而且對男生似乎也沒什麼興趣。」

小梅依然把這些都記錄下來，此時念庭突然發出啊的一聲。

「你之前說需要點名單的那個朋友就是她吧？」念庭看著阿弘，「她」指的就是小梅。

阿弘點點頭，露出淺淺的笑。

「抱歉，給妳添麻煩了。啊，還沒跟妳說我的名字，我叫小梅，梅花的梅。」小梅說道。

「不會不會，我叫念庭，很高興認識妳。抱歉，這些對妳寫新聞應該沒什麼幫助，真不好意思。」

「沒這回事。」

「不過，妳想要點名單做什麼用啊？」念庭問道。

「是新聞社想要參考用的。」小梅不知道這麼說能不能瞞過念庭，但看著念庭的表情，她似乎沒有任何懷疑，小梅又接著說。

「順便再問妳一個問題，你們班的點名單都是妳在負責記錄的嗎？」

「是啊。」念庭點了點頭。

「那艾莉不在後，妳都怎麼紀錄她的出席狀況。」

「喔喔，因為大家都知道她不在了，所以也沒有特別去紀錄，就是都把她的欄位空著而已。」

這點和怡琳的口徑一致，表示班上的人應該都很清楚點名單的管理狀況。

這時，阿弘突然起身摸著自己的肚子。

「妳們家有吃的嗎？好餓喔。」阿弘邊問邊環顧念庭家四周。

面對阿弘突然的舉動，念庭顯得一陣茫然。

「啊，廚房應該有，我去找找。」說完，念庭便走向廚房。

小梅面露無奈，對阿弘使了眼色。

阿弘只用眼神示意小梅不好意思。

不久後，念庭從廚房走回來，手上卻沒有任何食物，阿弘不免感到失望，期待落空使他面色有如三天沒睡般憔悴。

「冰箱有放幾個肉包，我讓它們微波一下。」念庭坐回沙發。

阿弘聽到後，面容馬上恢復氣色。

小梅繼續向念庭問道。

「艾莉和你們導師的關係怎麼樣？」

「嗯……妳指的關係是？」

「就是相處的狀況，有什麼不尋常的事嗎？」

念庭陷入思考，沉默了好一會兒。

「就我所知……應該是沒有吧，不過我並沒有太注意他們，所以無法確實回答妳。怎麼會這麼問？」

「也沒什麼啦，聽說他們兩個關係好像很不錯。」

「這我就真的不知道了，我也不太愛八卦這些事，不好意思。」念庭苦笑。

廚房傳出嗶嗶的聲音，肉包已經微波好了，念庭走向廚房，不久便端出一整盤肉包。

念庭將一整盤肉包放在茶几上，肉包冒出陣陣白煙，香味繚繞。阿弘一手抓起肉包往自己的嘴裡扔。

小梅放下手上的筆記本和原字筆，從書包拿出手機。

「想讓妳聽一下這段錄音。」小梅簡單操作手機後將它遞給念庭。

念庭坐回沙發後接過手機，她專注聽著手機播放出來的聲音。她蹙了眉頭。

「請問這是……？」念庭把手機稍微離開耳邊。

「妳仔細聽聽看，有沒有在哪裡聽過這個聲音？」

這個錄音和拿給怡琳聽的是同一個，只保留了原本錄音中女生的聲音。

「妳是指？」

「錄音中這個女生的聲音。」

念庭又將手機放回耳邊重播了一次。錄音還沒播完，念庭似乎意識到了什麼，她的視線對著小梅。

在念庭開口前，阿弘湊了過來，嘴裡還含著肉包說：「是艾莉的聲音喔。」

「一開始我還聽不出來，後來才大概猜到。」念庭將手機還給小梅，「仔細一聽這真的很像是艾莉的聲音。」

「這個到底是……？」念庭接著問道。

「目前還不確定。」

「喔……」念庭似乎感受到小梅不願意多透漏些什麼，於是便沒多問。

「讓我再問一個問題，雖然妳說她不愛說話，但有沒有人曾經與她交談過，妳試著回想看看。」

「這個嘛……」

念庭歪著頭半晌不語，小梅感受到自己似乎為難了念庭。

「好吧，沒關係，馬上要妳想這些似乎蠻為難人的。今天就先這樣，真抱歉，打擾妳了。」

小梅將自己的手機號碼寫在筆記本上，隨後撕下交給念庭。

「這是我的手機號碼，如果妳有想起什麼再聯絡我就好了，就算是一點雞毛蒜皮的小事也沒關係，麻煩妳了。」

「好的，不知道有沒有幫到妳。」

「絕對有。之後有問題就再麻煩妳了。」小梅起身背起書包，阿弘和念庭也隨著起身。

「這些沒吃完的肉包可以讓我帶回去嗎？」阿弘問道。念庭答應後便幫阿弘把剩下的肉包打包好交給他。

「謝謝啦，真不好意思。」阿弘對念庭開朗笑著，讓念庭有些害羞。

「我送你們下去吧。」

念庭陪著小梅和阿弘走到樓下，簡單的道別後目送他們遠去。漆黑的天際中還殘留著一抹暮色。

14

小梅掛掉手機，直盯著書桌上的學生名冊。

週末下午，她在家聯絡了學生名冊上所有的學生，當然也是藉著新聞社的名義詢問有關艾莉的事。除了少數人沒有接電話外，約八成的人都有聯絡上，詢問的內容也都大同小異，和之前拜訪怡琳和念庭時差不多。

而得到的回答也幾乎一致，與怡琳和念庭的陳述並沒有出入，也有一部分的人證實艾莉常常會出現在司廣的辦公室。甚至有人承認之前偶爾會捉弄艾莉，到了艾莉過世後才感到懊悔。

會不會是因為在班上沒有朋友，又受到同學欺負，累積長期的生活壓力而讓她選擇走上絕路，小梅在心中假設。

那這樣的話和司廣失蹤又有什麼牽連，難不成是因為自己受到欺負，於是向司廣求助，但司廣卻無能為力，只好選擇綁架司廣後再跳樓自殺。

不，不對……

千百種可能性在小梅腦中交織，以前看過的偵探劇、推理小說等劇情不斷浮現，但就是沒辦法拼湊出能讓她接受的事實。

忙了半天。肚子餓了，加上講了好幾通的電話，讓她口乾舌燥。

小梅下樓到了廚房，從熱水壺裝了杯熱水喝，她對杯口呼口氣，水蒸氣從杯中竄出，臉頰感受到些許溫熱。

下午五點半，趁著剛喝下肚的熱水還暖著身子，小梅趕忙出門，為了準備今晚的晚餐。

一走進「朝陽町」，因為時間還早客人並不多，老闆娘馬上注意到了小梅。

「歡迎光臨，新年快樂啊小梅。」老闆娘熱情招呼道。雖然距離元旦已經過了一個星期左右，但這次是小梅今年第一次到「朝陽町」。

小梅點了兩份咖哩飯外帶，會點兩份的原因是因為不想讓老闆娘多問，更不想多費口舌編個理由說司廣不在家，況且，父親下落不明的事還是越少人知道越好。

等餐點做好的空檔，小梅依然注意著那三張令她在意的便利貼留言。她看起來像是在思考某些事，實際上卻是在發呆。

不知道過了多久，小梅被老闆娘叫了名字才回過神。

「我還是在這邊吃好了。」小梅改變了外帶的主意。

「這樣啊，那我幫妳裝到盤子裡吧。」

老闆娘正伸手想把便當從塑膠袋拿出來，但馬上被小梅阻止。

「不用啦，不用麻煩。」說完，小梅便從老闆娘手中接過了便當。

她選在靠窗邊的位子坐下，也是在那三張便利貼旁邊。

雖然是吃著自己最愛的咖哩飯，但小梅的感官完全集中在視覺上，注視著那三張便利貼。

「阿姨。」小梅向櫃檯高聲喊道。

她指向那三張便利貼的位置，隨後開口道，「妳有印象這些是什麼人寫的嗎？」

老闆娘走近一看，不用一秒就回答了小梅。

「是個和妳差不多年紀的女孩子寫的喔。」

「咦?!」老闆娘回答得如此迅速令小梅感到訝異。通常一般人被問到這種問題時應該需要點時間回溯一下記憶才能想起來，但老闆娘卻有如反射動作般迅速。

「因為她寫的內容有點特別，所以稍微注意了一下。」

沒想到老闆娘也有留意這幾張便利貼。在這之前小梅還苦惱要是老闆娘沒印象該怎麼辦。

「她是個怎麼樣的人啊？」小梅嘴裡還塞著咖哩飯邊問道。

「怎麼樣的人啊……她留著不到肩膀的短頭髮，眼睛大大的，瘦瘦的，該怎麼說呢……雖然這麼說不太好，但就是給人一種傻呼呼的感覺。」

說到這裡，老闆娘停頓了一下，又馬上啊了一聲。

「她是妳爸爸他們學校的學生喔。看她穿的制服應該沒錯。」老闆娘在小梅隔壁桌坐下，從圍裙的口袋裡拿出手帕擦了擦額頭。

果然，就是艾莉錯不了。

短髮，大眼睛，瘦瘦的又傻呼呼這些特徵，和學生名冊上的相片完全相符。

「阿姨妳知道她的名字嗎？」小梅問道。只是想要進一步的確認。

「不知道欸。」

老闆娘不知道也是理所當然的，會到店內用餐的客人這麼多，就算是熟客也很難記住對方的名字，最多就是用臉認人而已。

「她常來這裡嗎？」

「說常常也不太算，大概一個月四、五次吧，大部分都是放學後來的。」

「是喔，她上一次來是什麼時候？」

「有一段時間了呢，好久沒有看到她了。」

聽老闆娘這麼說，她一定還不知道艾莉墜樓的消息。

「那她寫下這些內容的時候，有沒有和平常不一樣的地方，例如說有沒有發生什麼特別的事才會讓他想寫這些。」

「嗯……這我不太知道欸。」

小梅咀嚼的速度變慢，她抿起嘴伸出舌頭舔了嘴邊的咖哩醬汁。

第一次注意到這些便利貼是在高二下學期剛開始的時候。因為在牆上貼便利貼的人很多，所以只要牆壁快被貼滿時，老闆娘就會重新整理牆面。那時候牆面剛整理完，上面還沒有多少張，就算是只有一張貼在角落也算是很顯眼，小梅就是在那時候注意到它，之後隔一段時間就又出現了第二張和第三張。

「怎麼了嗎？是妳認識的人嗎？」

「沒有啦，好奇問問而已。」

「啊，對了，她有時候會和朋友一起來喔。」

老闆娘話還沒說完，小梅就轉頭盯著老闆娘，神情訝異，原本已經很大的眼睛瞪得更大了。

朋友?! 怎麼可能，這和之前得到的消息都不一樣，艾莉應該沒有什麼朋友才對，難道會是認錯人？不，不可能，不可能會有第二個短髮，大眼睛，瘦瘦的又傻呼呼整天想住在城堡的傢伙。

小梅又不自覺地捏住了下唇。

「阿姨，請問那個朋友是……」

「不知道是不是同班同學，但至少制服穿的是一樣的，也是個可愛的女孩子，怎麼了，瞧妳這麼驚訝。」老闆娘對小梅的反應有些疑惑。

小梅收回表情，她沒有開口，只是垂下目光搖搖頭。

沉默了半晌，小梅依然低著頭問道：「她那個朋友也是一個月來四、五次嗎？」說完後，小梅才又抬起頭看老闆娘。

「不，更少吧，她只會和那個女孩一起來。」

「意思是……那個女孩沒來的話，她朋友就不會出現在這嗎？」說到「那個女孩」的時候，小梅差點脫口說成艾莉。

「對啊。」說完，老闆娘停頓了兩秒，接著又瞪大眼睛拍了一下手，「啊，這麼說的話，她們兩個應該不是同班同學喔。」

「為什麼這麼說？」小梅皺著眉頭問。

「因為她們每次都不是同時進到店內的，有時候是那個女孩先到，她朋友才進來，有時候又是她朋友先到，那女孩才進來。」

小梅點了點頭。

「阿姨妳的意思是，如果他們同班的話應該會一起到，但因為每班的下課時間可能有些不同，或是班級距離太遠，所以造成她們抵達店內的時間也不同。」

「沒錯，就是這樣。」老闆娘又拍了一下手。

「這麼說的話，她們應該是放學前就先約好，到了放學後直接在這裡見面，也省下了等對方下課的時間。」

「應該是這樣吧。」

兩人沒有同時進店的原因得到了推論，但小梅認為這絕對不會是艾莉的主意，依小梅目前對艾莉的了解，她不像是這麼深思熟慮的人。

掛在店門上的風鈴響起，老闆娘注意了一下牆上的時鐘，六點十分，客人將開始漸漸湧入，老闆娘從位子上起身，繫緊圍裙。

「要開始忙了呢。妳慢慢吃喔。」老闆娘輕聲說道。

老闆娘回到櫃檯，中氣十足地對著剛進來的客人說歡迎光臨。

眼前的咖哩飯還剩下一半，小梅決定暫時忘記腦中的一切，好好享用這份她最愛的食物。她讓大腦適當休息，為了之後思考可以更清晰。

咖哩的甜味加上微辣感刺激著小梅舌尖，全身酥酥麻麻，小梅深呼吸，她感到一陣放鬆，就算是吃了近十年的味道還是如此有吸引力。

轉眼間盤子已被清空，小梅帶著外帶的那份離開「朝陽町」。她與老闆娘簡單地道別。

小梅對於艾莉的朋友究竟是何人完全沒有頭緒，難道真的要全校的學生都問過一遍嗎？

這時小梅才意識到，她完全不了解艾莉的家庭狀況，或許老闆娘說的那個朋友可能是艾莉的姊姊或妹妹也不一定。

看來要擴大範圍調查，連家庭背景也不能放過。

小梅的步伐緩慢，她仰望天空，烏雲密布。

又要下雨了嗎？

15

放學後，阿弘走出校門，他身上除了自己背的書包外，還提著一個和書包差不多大的紙袋，經過長長的下坡，沿著大馬路穿過無數個街巷，原本同時走出校門的學生們也漸漸分散，暮色在阿弘的身後蔓延。

走沒十分鐘，阿弘經過了一間便利商店，他立刻感覺到有人拉住自己的後衣領，他不得已停下腳步。猛然回頭一看，一隻手出現在眼前捏住了自己的鼻子。

「不是叫你到便利商店嗎？你還要走去哪啊？」

小梅鬆開了捏住阿弘鼻子的手。

阿弘咂了一下舌，「很痛啦，我哪知道妳會那麼快到啊。」

「好啦，不管了，我要的東西幫我帶來了嗎？」

阿弘將手上的紙袋舉到小梅面前，表情透露出不滿。小梅伸手要接過紙袋時，阿弘的手又縮了回去。

「你幹嘛。」小梅在每個字中間都停頓了一下。

「妳知道我為了弄到這個多辛苦嗎？至少跟我說聲謝謝吧。」

小梅沉默了半晌，對阿弘露出詭異的笑容。下一秒，小梅用手刀打了阿弘拿袋子的那一隻手，阿弘感受到小梅的手勁如此有力，加上速度快到來不及反應，不小心鬆開了手讓紙袋被小梅搶去。

小梅看了紙袋裡面，露出滿意的笑容。她轉身要走進便利商店，隨後又回頭望著阿弘，傲氣十足地對阿弘說了聲：「謝謝啦。」

阿弘呵呵地苦笑了兩聲。

他看著小梅走進便利商店內的廁所，過了一、兩分鐘，他也進到便利商店在熟食區遊蕩，拿了兩顆飯糰結帳後又走了出來。

一走出便利商店，阿弘馬上撕開飯糰的包裝，大口大口地咬著完全沒有加熱過的飯糰。紙袋內裝的是夕山高中的女生制服，是小梅前一天拜託阿弘幫忙準備的。

一大早，阿弘就到了自己的班上，同學們都懷疑當下的時間，因為阿弘從不準時到校的。本來阿弘也有點懶得幫忙，但小梅就是令人難以拒絕。

阿弘坐在自己的位子，雙腳翹到桌面上，他正思考要如何弄到一件女生制服，要是跟女同學直接要的話，肯定會被當成變態，而且不會有半個人想借他，這個問題讓他傷透腦筋。

這時候沒朋友真是一件麻煩事。

想到朋友，阿弘覺得或許有人可以幫助他。

第一節課還沒開始，阿弘又走出教室，所有人都投以奇怪的眼神。

到了二年五班前，阿弘望向教室內尋找怡琳或是念庭的身影，他在靠講台前的某一個位子找到了念庭，悄悄地叫了她一聲，同時又看了教室的其他地方，沒有看到怡琳。

阿弘告訴了念庭他需要一件女生制服的事，念庭露出十分為難的表情。

「突然跟我要我也生不出一件制服給你啊，如果是明天才要的話我還有辦法⋯⋯可是……」

阿弘再度拜託念庭，雙手合十舉到自己的額頭前。

念庭答應阿弘幫他想辦法，但因為第一節課已經快開始了，念庭要阿弘先回班上，等到午休時間念庭再到他們班上找他，這段時間就用來好好想辦法。

午休時間一到，念庭依照約定出現在阿弘他們的班級，但雙手空無一物。

「怎麼樣？還是沒辦法嗎？」阿弘問。

「我是有想到一個辦法啦。」

「等一下。」阿弘突然開口，念庭想接著開口卻被打斷，「換個地方吧，我不喜歡在這麼多人的地方交談，不太習慣。」

說完，阿弘就帶著念庭到了學校的頂樓，這裡讓阿弘感到輕鬆自在。念庭環顧周遭，這還是她第一次到頂樓。

「你想到什麼辦法，說來聽聽吧。」阿弘道。

「喔，我們平常都不太會多帶一套衣服到學校對吧。但我想到有些人會這麼做。」念庭一副自滿的表情。

「嗯……誰啊，快說吧。」阿弘似乎有點懶得聽念庭解釋那麼多。

這時念庭靠到頂樓的圍欄邊，伸手往樓下一指。

「操場？」阿弘皺了半邊的眉頭。

「不是啦！是操場上的人。如果是參加跟運動有關的社團的人，一定就會多帶一套運動服。我剛好有認識排球社的人，可以幫你問問看。」

「運動服？可是我要的是制服啊。」

「你想一下嘛，如果把身上的制服換成運動服，不就有多的制服了嗎。」念庭表情稍顯無奈。

「哦！」阿弘發出了一聲驚嘆，「對欸，妳還蠻聰明的嘛。但是是要女生的制服喔。」

「是女生啊，排球社的女生很多。」

念庭一說完，阿弘便要念庭帶他去排球社，但現在並不是社團活動時間，社團的休息室也不會有人，於是念庭打算直接帶著阿弘到她朋友的班級。

「再待一下再走吧，這裡很舒服，吹一下風。」

「很冷欸，而且再拖下去午休時間就要結束了。」

到了二年七班，念庭告訴了宜岑阿弘的需求，宜岑果然是一臉為難。

宜岑留著中分的長直髮，五官工整，皮膚相當白皙，完全不像是平常在打排球的人，反而像是電視上的女明星。

在阿弘和念庭不斷的拜託下，宜岑才好不容易答應，並跟他們約好放學後來拿。

到了放學，阿弘順利拿到制服。

希望衣服的尺寸不會和小梅差太多。

阿弘打開紙袋偷偷聞了一下，他不懂為什麼女生的衣服總是有股香香的味道。

小梅從便利商店走了出來，她穿著夕山高中的制服給人種不一樣的感覺，似乎也減少了小梅平時身上散發出的銳氣。小梅感覺不太自在，她的雙手抱在胸前。

除了服裝不一樣之外，小梅的手上還提著一盒水果，那是順便在便利商店買的。

「走吧。」小梅沿著街道邁開步伐，阿弘緩緩跟上。

他們並肩走在街道上，阿弘注意到小梅不時會舔一下自己的下唇，仔細一看才發現原來小梅的下唇有些破皮。

阿弘想看得更仔細，他靠小梅的臉越來越近，小梅察覺後一手把阿弘的臉推開。

「幹嘛！」

阿弘的臉被小梅推得五官扭曲。

「妳的嘴唇……」

「沒事啦，不用你管。」小梅抿了下嘴。

阿弘視線回歸到前方，走沒多久又開口問道。

「只是去艾莉家幹嘛要特地換制服啊？」

「白癡啊，假裝是她的同學啊，你覺得像艾莉那種不愛交朋友又傻傻的人會認識程度差那麼多距離又遠的學校的人嗎？當然是能讓她家人問越少越好。你也是，衣服穿好一點，不要像個小混混一樣。」

小梅看了阿弘一眼，隨後嘆了一口氣。

「算了，你本來就是小混混。」

「我才不是小混混。」阿弘邊說邊把制服的鈕扣扣好，拉緊領帶，理了一下露在毛衣外的襯衫下擺。

剛到艾莉家附近，小梅拿出學生名冊對照上面的地址，沒幾分鐘就找到了艾莉家。艾莉家是在巷子內的普通舊式公寓，只有四層樓高，學生名冊上的資料註明他們住的是在三樓。

這棟公寓每層樓都住著不同的住戶，一樓則是樓梯間和堆放雜物的地方。

一靠近公寓，就看到兩個男人從公寓走出，表情嚴肅，看他們的樣子八成是警察。

小梅和阿弘與兩個警察擦肩而過，雙方目光還交會了一下。

小梅拉著阿弘，他們過艾莉家門而不入，等到警察走遠後才又走回頭按了艾莉家的門鈴。這種時候要是被警察攔下來問話，那可不太好辦。

按完門鈴不久後，話筒傳出一成熟女子的聲音。

「請問是哪位？」

小梅開口答覆說是艾莉的同學，話筒就沒再傳出聲音。

「喂……」小梅又喊了一聲。

仔細一想，對方會有這種反應也算正常。艾莉在學校墜樓，作為家人一定會對學校的人事物產生排斥，難免會起防備心。

「請問有什麼事嗎？」從女子的聲音能感覺到她更加警戒。

「我們帶了點水果來。」

又一陣靜默後，話筒才傳出聲音。

「不好意思，今天還是——」

話筒傳出來的聲音說到一半，小梅立即搶先說：「我想表達一點心意，請務必收下。」

好不容易徵求到拜訪的同意後，眼前的鐵門便自動打開。

到了三樓門口，一名黑色長髮的成熟女子為他們開了門，女子是艾莉的母親燕儀，眼神露出疲態，周圍有一圈厚厚的黑眼圈，感覺像是好幾天都沒睡覺，臉上也有不少皺紋。

小梅和阿弘請燕儀節哀順變，並將水果盒遞給她。

「這還是第一次有同學到家裡。」燕儀說。

他們不知道燕儀口中說的第一次是不是也包括艾莉生前。

燕儀帶他們到客廳坐下，問他們要不要喝點什麼。

小梅和阿弘都搖搖頭說不用，但燕儀還是遞了兩杯水給他們。

小梅環顧艾莉家中，雖然是在舊式的公寓內，但生活條件還算不錯。一問之下才知道，原來艾莉的父親是某知名建設公司的員工，家裡的經濟由他一手支撐。

「請問我女兒在學校的狀況怎麼樣？」燕儀誠摯地問，又表露出無助感，「雖然我也問過學校老師一樣的問題，但他們都很敷衍，完全就是在應付工作的態度。」

從燕儀的表現看來，能感覺到她不被看重與尊重。小梅心想，不謹慎回答不行。她先撇著頭假裝在回想。

「艾莉她平常真的很安靜，所以其實沒什麼朋友。但我覺得那樣也不壞，至少有人覺得她那樣傻傻地很可愛。」

聽到小梅這麼說，燕儀感覺鬆了一口氣，總算是聽到來自同學真實的回答。

「很抱歉現在才說這種話，我們也捨不得失去這樣的同學。」小梅又說。

看著燕儀欣慰的表情，小梅衍生出些微的罪惡感。

他們又繼續聊著，話題幾乎繞著艾莉打轉，燕儀也終於對小梅和阿弘卸下心防。

「那孩子從小就說想要住在城堡裡，到現在高中了還老是幻想自己是小公主。大概是因為她爸在她小的時候就跟她說要蓋一棟城堡給她住，她就一直信以為真。就算後來知道她爸是在跟她開玩笑，她還是不放棄想要住在城堡的願望，甚至提出想要出國念書，但我們哪來那麼多錢，雖然不是承擔不起，但一旦需要這種花費，對家裡勢必是一筆龐大的負擔。」

「難怪……」小梅暗自嘀咕。

「怎麼了嗎？」燕儀看著小梅的反應問道。

「啊，沒事。」

燕儀繼續開口，訴說著自己最近實在忙得不可開交，除了忙著處理艾莉的後事外，還要不停地面對記者和警察，身心俱疲。她不斷向小梅和阿弘抱怨著，好像很久沒有遇到對象可以傾訴一樣，她藉此紓發心中的壓力，把心中的不滿一吐為快。

「辛苦妳了。」小梅對著燕儀說。

阿弘一語不發，他想起自己以前也有過類似的情況。

「請問艾莉的房間是？」

「那一間。」燕儀指著正對大門靠左手邊的房門。房門被漆成粉紅色，就像是哆啦A夢中的任意門一樣。

「我們可以到艾莉的房間看看嗎？」

燕儀聽了小梅的要求，但當場拒絕了她。

「自從那孩子過世後我就沒有再動過她的房間，希望能保持著她生前的樣子，要不是警察要辦案，不然我實在不願意讓他們進去，他們一踏進去找就感到很不舒服。」

「這樣啊，那警察進去都做些什麼？」

「只是稍微看看而已，我沒有讓他們碰任何東西。」

「那能不能也讓我們看看就好。」

小梅再三拜託，燕儀始終不答應，無奈之下只好暫且放棄。

「說到底，我只希望事情趕快過去，警方趕快結案，好讓我們恢復到平常的生活。說真的，我很高興妳們願意來拜訪的這份心意，我想艾莉同樣也會感到欣慰吧。」

聽到燕儀這麼說，小梅不免感到心虛，即便她已經習慣說謊。

「哪裡哪裡。」小梅舉起一隻手在自己面前揮了兩下，隨後又開口問道：「艾莉有其他的兄弟姊妹嗎？」

「沒有，我們家只有她一個孩子。」這麼說時，燕儀臉上遺憾的神情好像更重了。

「啊，抱歉，我不該問這個的。」說完，小梅便趕緊轉換話題，試著聊些輕鬆的生活瑣事，燕儀也對小梅開啟的話題感到投入。

一陣交談後，燕儀的心情感覺比他們剛到訪時好多了。小梅打算趁這個時機收場。

「我們先回去了，不好意思，今天打擾了。」小梅起身後，阿弘也跟著小梅的動作。

「不會，謝謝你們。」

「啊，可以再問最後一個問題嗎？」小梅在走出艾莉家門前又開口問道。

燕儀沒有出聲，只是點了點頭。

「艾莉在墜樓之前有沒有什麼不尋常的地方？或是有什麼奇怪的舉動？」

「這個……應該……沒有。」燕儀的目光一開始還注視著小梅，但說到「沒有」時，燕儀的眼神飄了一下。這讓小梅覺得她好像在隱瞞什麼。

「這樣嗎，謝謝。」小梅沒有再繼續追問。

走出了艾莉家後，天色已是一片黑暗，氣溫也明顯低了許多，不知道為什麼，總覺得今年的冬天還會持續很長一段時間。

小梅沒有沿著原路，反而在艾莉家前後的巷子繞了繞。

「妳到底想走去哪啊，巷子的出口在那邊。」阿弘舉起手指了自己身後，他似乎認為小梅找不到回去的路。

「我知道。」小梅不管阿弘，顧著自己東張西望。

幾分鐘後，小梅才往巷子出口的方向走。

16

這已經是今天打的第十通電話了，念庭依然沒有任何回應。

距離司廣下落不明也已經過了三個多禮拜，至今仍是音訊全無，如果是綁架的話，歹徒早就應該要聯絡小梅或是詩華勒索贖金了，但到現在卻沒有接到任何訊息。單純發生意外的可能性也不大，因為距離司廣失蹤後幾天曾經有通過一次電話，既然可以使用手機，司廣不可能不尋求協助。

令人疑惑的是，司廣失蹤前竟然向學校請了假，請假事由只以簡單的四個字「家庭事務」帶過。

小梅暗自祈禱，希望至少現在司廣是安全的。

小梅放下手機，因為帶著不耐煩的情緒，碰到桌面的聲音有點大，其他客人都朝她看了一下。

「老漾咖啡」內，小梅和阿弘坐在上次的位子，依然等著怡琳下班，今天的客人沒有那麼多，他們想或許怡琳可以準時下班。

阿弘在一旁不停地把食物往嘴裡送，桌上的空盤已經堆成高高一疊，小梅的面前則只有一杯喝了不到一半的咖啡。

十點才過了兩分鐘，怡琳就坐到他們面前。

「久等了，我等一下收拾完這裡後就下班了。不好意思，還讓你們來這裡等我下班。」

因為開業週年已經結束，所以「老漾咖啡」的打烊時間恢復到晚上十點。

小梅和阿弘起身打算先到店外等，怡琳又讓他們坐回位子上。

「沒關係，你們坐著就好了，我跟同事說今天讓我來關門。」

「沒關係嗎？」小梅問。

怡琳說了聲沒關係之後，收走桌上的空盤回到櫃檯後的廚房，又從廚房探出頭對他們喊道：「還沒用完的餐點你們慢慢來就好了，我之後再幫你們收。」

小梅和阿弘對著怡琳點了頭。

「麻煩妳啦。」阿弘大聲喊道，繼續吃著他眼前的鬆餅。

又過了大約十五分鐘，除了小梅他們這桌，其他地方已經收拾得乾乾淨淨，店內的燈關了一半，門也鎖上，除了怡琳以外的店員也都離開了。

怡琳已經換回學校的制服出現在他們面前，在小梅面前的位子坐下後還扭了一下脖子，並用手捶了肩膀兩下。

「辛苦了。」

「不會啦，這本來就是我的工作。畢竟……」怡琳說到這裡時停頓了一下，「家裡的經濟狀況不好，需要靠打工來補貼家計。」

小梅沒有給予回應，這是小梅不會理解的。對小梅來說，打工是種不值得投資的事，不用學歷，不需要一技之長，做這種任何人都可以做的事，會顯得自己一點價值都沒有。

如果要維持家計，那乾脆不要念書浪費學費，快點選擇一條人生道路還比較實在，尤其是啥那種三流學校。

小梅在內心白眼怡琳，驕傲自大的氣息從她的表情流露出來，她沒發現自己已經皺了半邊的眉頭。

「妳說妳有東西想給我們看？」小梅直接切入正題。

怡琳環顧四周，像是在確認沒有其他人在場，才從書包拿出了一本書。書本是高中的國文課本，明明快過了一學期，卻像是才剛買的。

怡琳把課本放在桌上，推送到小梅面前，輪流看了小梅和阿弘。

「這是……？」

「妳看就知道了。」怡琳故意不看著小梅。

小梅拿起課本，她翻到書背，上面寫著艾莉的名字。小梅再度看了怡琳一眼，怡琳也以眼神回應，像是在說，請看吧。

小梅翻開課本，裡面全是亂七八糟的塗鴉，畫的都是城堡和公主等圖案，完全沒有一點課堂上的筆記。

翻了幾頁後，她看到一張相片被夾在課本中，小梅拿起相片，眉頭深鎖。

她又快速翻了幾頁，好幾張類似的相片也都被分別夾在課本中，煩躁、不安的感覺侵佔了小梅的內心。

阿弘也將頭湊了過來，看了幾眼相片。

「妳在哪找到這個的？」小梅抬起頭狠狠地瞪著怡琳問。

「妳說課本嗎，兩天前，我聽說艾莉的家人要來拿艾莉的東西回去，那天放學我趁大家都離開教室後，偷偷翻了艾莉的抽屜，就是在那時候發現的，而且只有這本課本裡有夾著這些相片。」因為被小梅銳利的眼神瞪著，怡琳說話的聲音變得有點小聲。

「她的抽屜裡沒別的東西了嗎？」

「嗯，除了課本以外，只有幾張考卷而已。」

小梅拿起其中一張相片看了一眼，便往桌上重重一扔。

夾在國文課本中的全是偷拍司廣的相片，一開始看到的是司廣上課時候的樣子，接著幾張分別是司廣在辦公室改著考卷、午休在吃便當以及下課時間在走廊的樣子等等，他都是穿著他最常穿的咖啡色西裝外套，小梅對那件西裝外套很有印象。

拍這些相片的人感覺就像是在監視司廣，小梅完全不明白拍攝這些相片的用意。

「那個……妳再看一下相片的背面。」怡琳輕聲說道。

小梅將一張相片翻到背面一看，上面除了用黑色的原字筆寫著「司廣老師」外，旁邊還畫了許多愛心等圖案。

她接著再看了其他幾張相片的背面，都是寫著「司廣老師好帥」、「好喜歡司廣老師」、「好想跟司廣老師在一起」等等看了令人作噁的文字，這些字跡和在「朝陽町」的便利貼上看到的幾乎一樣，但總有些地方怪怪的，怪在什麼地方小梅也說不上來。

小梅深深地吸了一口氣又大口地吐了出來。

「這些可以先放我這邊嗎？」小梅將相片重新放回課本裡。

「可以啊，可是你們千萬別跟別人說我偷了她的課本。」

「妳放心。」

小梅喝了一口咖啡，回想剛剛看到的那些相片，突然感覺到陣陣胃痛，她產生了極度的厭惡感。

「希望妳不要想太多，雖然我以前就覺得他們的關係怪怪的才會去翻她的抽屜，但現在看到的只有艾莉單方面的行為而已。」怡琳以安慰的口吻對小梅說。

不，才不是單方面，小梅心想。要是她聽過錄音筆的完整內容一定不會說出和現在相同的話。

「妳的書包用了多久了？」小梅用下巴指著怡琳旁邊的座位。

「書包？」怡琳對小梅突如其來的問題感到不知所措，停頓了兩秒才又接著回答：「喔，從入學就用到現在了，快一年半了吧。」

小梅點了點頭。

「怎麼突然問這個？」怡琳眨了眨眼睛，尷尬地微笑。

「沒什麼，沒事。」

小梅沉默不語，咖啡廳內只剩下阿弘吃東西的聲音，冷空氣從大門的縫隙中灌入，氣氛凝重。

過了半晌，怡琳才打破沉默開口道：「那個……是不是不應該給妳看這些東西的？」

「不，謝謝妳給我看。」說完，小梅又接著繼續問道：「妳們學校的教官放學後都待到幾點？」

怡琳偏著頭思考，「我記得……是九點，我們學校九點過後，所有的老師和教官都已經離開了，全校只會剩下警衛室裡的警衛。」

「警衛室只有大門才有喔。」阿弘嘴裡還含著食物，說的每個字都連在一起，「後門是沒有警衛的。」

小梅看了旁邊的阿弘一眼，抬起一邊的眉毛，「你不是對你們學校很不熟悉嗎？」

「是啊，但是大門跟後門很熟。」阿弘哈哈哈地笑了兩聲。

小梅嘆了一口氣。

時鐘的指針已經接近十一點，要是再待下去就會趕不上末班的公車，小梅和阿弘幫怡琳把用完的餐具和碗盤收回廚房。

「先放著吧，我自己洗就可以了。」

「妳不用搭公車嗎？」

「我家走路就可以到了，你們先回去吧。」怡琳打開水龍頭，沖洗著水槽裡的餐具和碗盤。

搭上公車，小梅在靠後門的地方選了個靠窗的位子坐下，因為時間已經不早，車上的乘客屈指可數，她看著窗外，沿途經過的店家也都已拉上鐵門。

她算著自己已經多久沒有見到司廣，這次看到他的身影竟然是在這種像是偷拍的相片上，心中百感交集，煩躁、鬱悶，又是傷心，使小梅喘不過氣。

17

凌晨兩點多，小梅翻越夕山高中的後門，這天因為寒流襲擊導致氣溫瞬間驟降，她在出門前加了一件黑色的運動外套，聽說這樣的低溫會持續一個禮拜，而且這次的寒流還是近十年來最強的霸王級寒流。

又因為是在山上，氣溫比平地更低，小梅獨自穿梭在廣大的校園中，冷風只是輕輕吹過，卻已冷到刺骨，小梅輕吁了一口氣，空氣瞬間凝結成陣陣白煙。周圍沒有任何蟲鳴，氣氛顯得異常詭異。

她在二年五班前面停了下來，蹲低姿勢，就怕警衛突然出來巡邏被撞個正著。

教室靠近走廊的這一面門窗全上了鎖，而另一面的窗戶也都加裝了鐵窗。小梅從口袋拿出兩根髮夾，其中一根已經被折成L型，另一根則是在前端有微微的彎曲。小梅將兩根髮夾插入後門的門鎖，她用前端微彎的那根髮夾在門鎖中不停撥動。

在來這裡的前幾天，小梅就已在家中練習開鎖技巧。鎖內的構造是由幾根並排且高低不同的鐵針組成，當這些鐵針被推動到基準線上鎖就會打開。折成L型的髮夾必須墊在鎖內下方當作旋轉把手，順著開鎖的方向旋轉，前端微彎的髮夾則當作試探頭。試探頭進入鎖內後，必須先找到其中較緊密的鐵針，配合旋轉把手施力慢慢將這根鐵針往上推，直到「喀」

一聲，表示鐵針已經被推上基準線，接著只要重複動作，直到將所有鐵針都被推到基準線上就可以成功開鎖。

由於學校的門鎖比較老舊，小梅必須灌注全神，閉上眼睛配合著雙手的感覺在腦中模擬鎖內的畫面，她甚至一時忘記自己是偷闖進校園的。

鎖頭「喀」了一聲，第一根鐵針被推開了，小梅喘了口氣，趁這個空檔環顧一下四周，確認附近沒有其他人便又再次動作。

花了一番功夫，小梅成功把所有的鐵針都推開了，她轉開後門門鎖，只打開了一點縫隙，保持著低姿態進入教室，所有動作都收到最小。

這時，小梅的手機突然震動了一下，她用手按住放著手機的口袋，隨後輕輕關上後門，不發出一點聲音。

她走到艾莉的座位，由於全班只有這個位子的抽屜是空的，且比其他位子來得整齊，所以她能如此確定。

小梅拿出一張相片，那是司廣在上課的樣子，由台下往台上拍，這是夾在艾莉的國文課本中的其中一張。她坐在艾莉的座位上盯著這張照片仔細端詳。

小梅拿出手機查看，剛剛的震動是阿弘傳的簡訊，她撥了阿弘的號碼。

「有人在說謊。」這是今天下午小梅對阿弘說的話。

下午的時候，小梅要阿弘今晚從外面偷偷爬進艾莉的房間，而且要他最好選擇在半夜。

「是要我當小偷嗎？」阿弘的雙眼瞇成一直線，嘴角微微上揚。

「沒有要你偷東西，只是要你幫我確認幾件事。」

「那妳為什麼不一起？」

「我還有事要到其他地方確認，艾莉的房間就拜託你了，而且要闖進別人家的話一個人會比較好行動吧，再說這種爬來爬去的事你絕對比我擅長多了。」小梅拍了一下阿弘的肩膀。

「說得我好像常常爬進人家家裡偷東西一樣。」阿弘噘起嘴。

「拜託了，之後會請你吃肉包的。」

聽到肉包，阿弘便一口答應，還要求肉包要加碼到十個，「不可以食言喔，說吧，妳要我怎麼做？」阿弘露出滿意的微笑。

「我看過艾莉家公寓的周圍，牆面上有很多屋簷和突出物，憑你要爬上三樓應該沒問題，再來，艾莉房間外有個小陽台，陽台和房間的落地窗是鎖住的，但是上面的透氣窗沒有鎖，以透氣窗的大小來看你應該是鑽不進去，不過你可以把透氣窗打開後拿著腰帶伸進去，記得，腰帶頭要朝下，如果腰帶不夠長就多帶一條把它們串接起來，落地窗的窗鎖是舊式的月牙鎖，你把腰帶頭套住月牙鎖後，用另一隻手臂當支點放在腰帶中間，支點往內推，腰帶往外拉，月牙鎖至少會鬆開一點，如果沒辦法完全鬆開，就下來晃動落地窗，那種老舊的窗戶一下就可以打開了。」

聽完小梅說的話，阿弘終於知道上次她在艾莉家周圍究竟是在看什麼。

「等你進到艾莉的房間後，傳簡訊給我。」這是小梅最後交代給阿弘的事。

阿弘確認周圍住戶的燈全是關上的以後便開始行動，他一跳就抓住牆邊的冷氣，之後用臂力將全身往上拉，一隻腳踏住旁邊的窗簷，這種天氣令他全身僵硬，但不到兩分鐘，阿弘還是有如猴子一般迅速地爬上艾莉房間外的陽台，過程中幾乎沒有發出太大的聲音。

他接著又踩著陽台的圍牆，靠近牆面，跳起來抓住一邊的透氣窗的窗溝，接著照小梅所說的，將兩條腰帶串在一起，透過透氣窗伸到房間內將落地窗的窗鎖推開一半，因為房間內掛著窗簾，在用腰帶頭扣住窗鎖時花了一點時間，所幸這段時間沒有驚動到附近的住戶。

他關上透氣窗後跳回陽台，只上下晃動了兩下落地窗，月牙鎖就順利地被推開。進入房間前，他還拍了拍鞋底的灰塵。

一進到房間，推開窗簾後映入眼簾的是一片漆黑，過了十秒左右房間的樣貌才漸漸浮現，他先看到的是一只放滿娃娃和玩具的櫃子，幾乎占滿整面牆壁，阿弘一邊輕輕地關上落地窗一邊環視四周，整個房間約四到五坪大，牆面全部漆上了粉紅色之類的顏色，床鋪的床頭靠著娃娃牆擺放在房間中央，書桌靠在左手邊面對落地窗，桌面放著艾莉生前的相片、一些城堡的模型、幾本童話故事書和西方文學，右手邊則是房門和衣櫃。

阿弘保持腳步輕盈，在房間內繞了一圈，同時傳簡訊通知小梅，「我到了。」

阿弘打開艾莉書桌的抽屜，翻找了裡面的東西，有一些小玩具、畫冊、參考書和筆記本。

這是他第一次偷闖進別人家中，全身有著強烈的不安全感，卻也帶著無比刺激感，而這也是他第一次看到女生的房間。

他又在房間內繞了兩圈，仔細觀察房內。

不一會兒，他察覺到門外似乎有些動靜，他聽到輕輕的腳步聲不停徘徊，為了更仔細地確認，他把耳朵靠在門邊，腳步聲越來越近。

完蛋了，阿弘心跳正逐漸加速。

他跳開門邊，慌張地左顧右盼，明明是寒流來襲的冬天，汗水卻不停從額頭竄出。

門把正在被轉開，發出喀喀的聲響。

燕儀進到房間，雙手抱著一個紙箱，她緩慢地走到床沿，放下紙箱後又環視了房間內，阿弘聽到她擤鼻涕的聲音。

阿弘躲在床底下，紙箱被放在自己眼前，他用力地閉上眼睛，兩根眉毛中間擠出深深的皺紋，牙根咬緊。

半晌，他稍微張開一隻眼睛往旁邊瞄，燕儀的腳已經離開床沿，雖然緊張得要命，但他還是盡量把呼吸的氣息控制到最小。

房間內突然傳出手機鈴聲，才剛卸下心防的阿弘迅速壓住自己褲子的口袋。

燕儀接起手機，緩慢地說道：「是，艾莉的東西都已經拿回來了。」她的語氣中伴隨著哭腔。

阿弘鬆了一口氣，他的心臟差點跳出來，就算已經過了兩分鐘，他還是聽得到自己心跳的聲音。

燕儀掛掉手機，阿弘根本沒聽到她的談話內容，與其說沒聽到，不如說是根本無法專心聽，他把頭轉回正面面向床底板，眼前看到的畫面令他驚歎。

好幾疊千元鈔票被鋪在床板的正下方，阿弘瞪大眼睛，他這輩子還沒見過這麼多現金，目測大約有好幾十萬。

燕儀走出房間，過了一陣子阿弘才緩緩地從床底下爬出來，他還來不及把手機設定成震動，鈴聲就響起了，他邊壓住發聲孔邊接起手機。

「怎麼樣？」小梅開口就問。

「快嚇死我了，剛剛她媽還走進房間。」阿弘用氣音小聲說道。

「那你怎麼辦？」從小梅的語氣聽得出有些許緊張。

「當然是躲起來啊，還好我反應快馬上躲到床底下。對了，我躲到床下的時候，她媽把一個紙箱放進房間。」

「紙箱？裡面裝的是什麼？」

「不知道，我還沒看。」阿弘邊說邊看了紙箱一眼，他現在才清楚地看到紙箱的樣貌，大約和一個鞋盒差不多大。

「現在去看，小心點。」

阿弘小心翼翼地撕開紙箱上的封箱膠帶，打開一看，裡面都是學校用的教科書。

「都是學校用的課本，大概七、八本左右吧。」

「應該是剛從學校拿回去的，這個先放著等一下再說，你在艾莉房間有沒有看到什麼？」

阿弘一一敘述房間內的擺設，接著告訴小梅剛剛在書桌的抽屜裡看到的東西，還有床底下的大筆鈔票。

「鈔票？」小梅語氣上揚，聽得出來她有些不相信。

「真的，我看到的時候也嚇了一跳，還有點不太相信，可是仔細一看，那些是真的鈔票沒錯，味道也是。」

手機中一陣沉默，只聽到小梅微微的呼吸聲。

「好，先不管。」過了半晌，小梅終於開口，「接下來照著我說的做。」

小梅掛掉手機，她從艾莉的座位站了起來，手舉著相片。

她注視著手中的相片，又看了一眼講台後緩緩向右走，視線在相片和講台交替，她在右邊的座位停下腳步，眼神銳利，接著又往前走了兩個座位，她在那個位子坐了下來。

小梅比對相片拍攝的角度，確定是從這個位子拍攝的，但這並不是艾莉的位子。是換過位子嗎？不，小梅確定不是。

小梅放下照片，看向窗外，下雪了。一開始還以為是自己眼花，但確實是雪沒錯，這是她第一次親眼看到雪。

這種海拔不高的半山腰竟然會下雪，看來地球已經壞掉了，就跟這個病態的社會一樣，一天比一天惡化，小梅內心感嘆。

整間空蕩蕩的教室內只有小梅一個人，伴隨著窗外下著雪的景象，氣氛顯得更加詭異。

小梅從抽屜內抽出一本課本，是數學課本，她翻到書背，看著寫在姓名欄位的名字。

小梅冷冷地笑了一下。

18

星期天早上，道場通常只有小梅一個人，因為沒有安排練習，教練也放假，所以小梅常常利用這個時間自我鍛鍊。

前一天晚上，小梅和阿弘約好在道場見面，小梅已經告訴阿弘道場不會有其他人。

「好久沒來這裡了啊。」阿弘剛步入道場便開口道，他抬起鼻子嗅了兩下，「味道還是一樣，木頭味加汗臭味。」

小梅對道場的味道沒有任何感覺，或許是鼻子沒有阿弘靈敏，也或許是早已習慣。

「念庭也都沒接你電話嗎？」小梅問。

「對啊，而且好像常態關機，不然就是被設定成拒接，一直都打不通。」

「那她也沒去學校嗎？」

「不知道，我這幾天都待在工地，太累了不想去學校。」阿弘雙手抱著後腦杓，伸了一個懶腰。

小梅有時候還挺羨慕阿弘可以這樣我行我素，照著自己的步調生活，要是自己像阿弘一樣，早晚會被退學，還會被說三道四。

「這下又一個人搞失蹤，乾脆全世界的人都消失算了。」小梅的語氣中帶著不滿和自暴自棄。

她走到自己的運動背包旁邊盤腿而坐，從背包的側邊拿出之前常用的筆記本，阿弘也跟著在她旁邊坐下。

小梅翻著筆記本邊說道，「你都不覺得奇怪嗎？」

「什麼奇怪？」

「你還記不記得念庭曾經跟我們說過她和艾莉搭話時說的，她說她問過艾莉有沒有喜歡的男生。」

「嗯，好像有這麼一回事。」阿弘看著天花板搜索記憶。

「她既然沒有喜歡的男生，為什麼要一直注意我爸，還在課本夾著那些奇怪的照片。」

「也有可能是念庭問完她之後才開始注意你爸的啊。」阿弘說了聲，「是吧。」想徵求小梅的同意，但事與願違。

小梅搖了搖頭，「我還沒說完，重點是後面那一句，她對男生沒有興趣。明明對男生沒興趣，為什麼還對我爸有那些舉動。」

「哎呀，妳們女生本來就很善變，誰知道妳們在想什麼。」阿弘以半開玩笑的口氣道。

「你好好聽我說話啦。」小梅提高音量，舉起拳頭。

「哈哈，好啦好啦。」阿弘挺直背脊，調整坐姿，「請說。」他對小梅點了一下頭。

小梅瞪了阿弘一眼繼續說道：「念庭不是也說她沒在打工嗎？這樣床底下那些錢的來源就變得很奇怪。不對，應該說，就算有在打工也不可能有那麼多錢。而且看艾莉他媽表現的樣子，不像是會給艾莉那麼多錢的人，就算是她爸，應該也不會有那麼多錢。」

阿弘又點了一下頭，示意小梅繼續說下去。

「再來就是怡琳那天給我們的課本，我一直覺得相片後面寫的那些字很奇怪，但就是不知道怪在哪裡，後來我才發現，每行字的左邊幾個字都有一點暈開的痕跡，像是被抹到一樣。」

小梅從背包裡拿出一張相片，翻到背面讓阿弘確認，相片的背面寫著「最喜歡司廣老師了」，小梅指著「最喜歡」三個字說道：「就像這樣」。

這三個字像是被刷過，墨水都往右暈開。

「真的欸，有一點暈開。」阿弘接手相片，又多看了幾眼。

「你再看一下暈開的方向，都是往右暈開對吧，這代表寫下這些字的人是左撇子。」

「左撇子？」

「嗯，我在想暈開的原因應該是因為書寫方式，通常寫橫書的習慣都是由左至右對吧，如果用左手來寫的話，書寫過程中一定會因為左邊寫的字還沒乾而抹到。」

阿弘隨後又問道：「這麼說的話，艾莉是左撇子嗎？」

「不是。」小梅斬釘截鐵說道。

「什麼不是？要不然……」阿弘語氣停頓，又繼而說道：「妳是說那些字不是艾莉寫的？那……那會是誰？誰又是左撇子？」他拖著腮，面容滿腹疑惑，他陷入思考。

「笨蛋，不用想了，你一定沒有注意到。」小梅搶回阿弘手上的相片，「是怡琳。」

「怡琳?!」阿弘眉頭緊蹙看著小梅。

「對，我從第一次到咖啡廳的時候就注意到了，不管是拿吸管還是拿杯子她都是用左手，為了再更加確認，我才要她幫我去拿糖粉，不出所料，她也是用左手拿過來。」

「難怪妳第二次去的時候咖啡就不加糖了。」

小梅露出有點訝異的表情看著阿弘，「你有注意到喔？」

阿弘當然不會直接說他一直都在注意小梅，只是說了一句：「算是吧。」

隨後阿弘又接著開口：「所以妳的意思是，那些字都是怡琳自己寫的？」

「是啊，就連課本上那些塗鴉也都是她自己畫的，她大概也料到我會調查好艾莉的個性吧，所以配合她的個性畫了那些塗鴉，讓我能信以為真，但沒想到這反而成了她的敗筆。你在艾莉房間的時候，我不是叫你把房間內的筆記還有紙箱裡的課本都拍給我看嗎。為的就是確認這個，她寫的字根本就沒有這些暈開的痕跡，課本裡更沒有這些塗鴉，證實她根本不是會上課畫畫的人。」小梅拿起水壺喝了一口水，「不過，字跡模仿得是蠻像的，那種又圓又滑的噁心字體。」

「這妳可要感謝我啊，妳不知道拍那些有多累。」阿弘不忘跟小梅邀功，「說好的……」

「我知道。肉包會請你啦，但是道場裡不能吃東西，之後再說。」小梅打斷了阿弘說話。

「別忘記啊。」說完，阿弘又回歸嚴肅，「但是……怡琳為什麼要這麼做？」

「她一定有某些目的想要接近我們，並且誤導我們艾莉和我爸的關係。」

「妳說接近我們？」阿弘又露出狐疑的眼神。

「你記得我們遇見她的第一天嗎？」

「她找我們求救那次嗎？」

「對，她說她被人用刀威脅逼著上車，看似要被強暴犯強暴一樣，但是我要去抓住那個駕駛的時候，並沒有在車子裡面看到像是刀子的東西，除此之外，我還看到怡琳的書包就放在副駕駛座。」

聽到書包，阿弘想起上一次去咖啡廳時，小梅問了怡琳書包的問題，不一會兒，他露出恍然大悟的表情，他用眼神示意小梅繼續說下去。

「那天書包並沒有拿回來對吧。」

「是啊，我記得沒有。送她回家的路上她都沒有背著書包。」阿弘回應道。

「但是之後我們再見到怡琳時，書包卻都好端端地在她身邊。你覺得這代表什麼？」

「她跟那個男人是同夥的吧。」阿弘決然說道。

「對，另外就是飲料的吸管。」

「飲料的吸管？」

「還記得我們第一次到怡琳的咖啡廳的時候帶了一杯飲料給她吧，我這麼做只是為了確認她有沒有咬吸管的習慣。之前我要去抓住那個強暴犯……不，應該說是同夥，當我抓著他不放時，他不是拿飲料杯往我身上丟嗎，那時候我就注意到吸管上的齒痕，齒痕非常小，很符合怡琳嬌小的身材，這就代表那杯飲料是怡琳在喝的，你覺得一個被強押上車的人會悠哉地在車內喝著飲料嗎，怎麼想都很不自然。」

聽小梅講完一連串的推理，阿弘露出佩服的眼神，不知道為什麼這種時候的小梅對他特別有吸引力。

「還有！」小梅又加大嗓門繼續說道：「明明到現在艾莉的墜樓事件都還沒結案，怡琳的口氣卻一直很肯定艾莉是自殺的，完全不知道她哪來的根據。而且我甚至懷疑，她跟艾莉一定有些關係，不然那時候她也不會那麼快就認出艾莉的聲音。」

「是妳把錄音拿給她聽的那時候吧，她馬上就認出了艾莉的聲音。」阿弘沉默了一會兒，似乎有所領悟，「這麼說的話倒是，正常的反應應該會像是念庭那樣，需要思考一下，才能確定自己聽到的是誰的聲音。」

「沒錯，這種情形只有兩種可能。」小梅在阿弘面前伸出食指比著「一」的手勢，接著說道：「第一，她常常跟艾莉說話，對艾莉的聲音很熟悉。」接著又伸出中指，比了「二」，「她早就聽過那則錄音。」

「那麼，妳覺得是哪一個？」

「我覺得兩個都有。」雖然小梅對這個回答沒有十足的把握，但她的直覺這麼告訴她。「總之，怡琳一直在對我們說謊，我想她跟我爸失蹤一定有不少關聯，在弄清楚她的目的之前不能相信她。」小梅目光堅定。

「原來妳從那麼早就在懷疑她了。」阿弘沉默了半晌，接著又開口道：「這麼說來……妳會不會覺得……」阿弘皺著眉頭，視線緩緩轉向小梅。

「是不是怡琳綁架我爸，你想這麼說對吧。」小梅搶先開了口。

阿弘點了點頭。

「我也有這麼想過，但目前都還不能確定，只能說有這個可能性。」

「但是……綁架的理由……」

「我也一直在想這個問題，如果真的是她綁架我爸，那理由是什麼？又為什麼要接近我們？為什麼要誤導我們艾莉的任何事？還有，一個身材那麼嬌小的女生要怎麼綁架一個成年男子。而且如果真要說是綁架，有一件事就會變得很奇怪，就是我爸在失蹤前，竟然跟學校請了長假這點。」

「不如直接去找怡琳問清楚吧。」阿弘一跳站起身來。

小梅抬頭看了阿弘。

「先不要這麼做。」小梅又垂下目光，說話的聲音變得比剛才還小。

阿弘覺得小梅剛剛的魅力完全消失。

「為什麼?妳不擔心妳爸嗎?既然知道妳爸有可能在哪裡就趕快行動啊，要是晚一天誰知道怡琳會對妳爸做什麼，妳不是也在電話中聽到妳爸的聲音很痛苦嗎。」阿弘低頭對著小梅說道，聲音有些大聲。

「我怎麼會不擔心，我當然想快點找到我爸，也害怕要是晚一天他的下場會更慘，但這種時候更不能驚動有嫌疑的人，老爸在她手上，要是她發現我們在懷疑她，一想不開對我爸做出更殘忍的事怎麼辦。」小梅焦急的心情此時全寫在臉上，眼眶有些許濕潤。

阿弘稍微理解了小梅的心情和想法，他重重地吐了一口氣，又坐了下來。

「那妳打算怎麼辦?」阿弘問道。

小梅花了點時間平復心情，隨後冷靜地開口說道。

「反正現在這些都還只是猜測，怡琳是不是真的綁架我爸還不知道，先不要盲目行動，按部就班，我會盡快想出下一步。」

阿弘點頭表示同意。

小梅在原地起立，拉緊腰上的黑帶。

「要打一下嗎?」小梅用下巴看著阿弘，擺著令人討厭的驕傲表情。

阿弘對小梅突然下的戰帖感到莫名其妙，更不理解小梅哪來的心情。但他現在慵懶無力，立刻拒絕了小梅。

「不要，我餓了，我想出去吃東西。」阿弘撫摸著自己的腹部。

「不打就算了，我自己練習。」小梅重新紮好馬尾，「你到底多久沒有活動身體了啊？我是指練空手道。」

「嗯……沒有很久吧。」阿弘傻笑著回答。

「也是啦，你都在外面亂打架。」小梅原本還帶著半開玩笑的語氣，下一秒突然變得嚴肅，「我跟你說，空手道不是用來傷害人的，而是用來保護人的。」

「我打架得時候才不用空手道。」

「少騙人了。」小梅走向道場中央，起步的時候還扭了一下脖子。

19

翌日，放學時間一到，小梅就急忙收起書包往教室外衝了出去，四周瀰漫著潮濕的冷空氣，手腳變得很不靈活。

小梅搭上往火車站的公車，她選了後方靠窗的位子坐下，往窗外一看，天空烏雲密布，周圍充斥著吵雜的機車聲，越靠近火車站，聲音就越大，令人心浮氣躁。

今天早上，阿弘用手機告訴小梅，說有司廣班上的學生聽說艾莉生前曾從事過援交。此話一出，小梅要阿弘一定要將那個同學帶來，他們約好放學後在火車站附近的咖啡店見。

一進到咖啡店，還沒有看到阿弘的身影，小梅選了一個靠窗的四人桌位坐下，她向走過來的服務生點了一杯美式咖啡，並告知等一下還會再來兩位客人。

店內的牆都漆成了白色，上面掛了一些拼圖和圖畫，桌椅和其他擺設也都是以淺色系為主。其他桌的客人都是剛下班的上班族，不然就是外地的遊客，每個人都放聲高談闊論，環境吵雜，很適合在這裡交談私事。

過了約五分鐘，阿弘就進入了咖啡店，身後是一個個子高出阿弘很多，臉型長長的男學生，他們找到了小梅，服務生也同時送上美式咖啡。

阿弘和男學生都點了紅茶，只是阿弘多點了兩個巧克力蛋糕。

男學生說他叫尊生，小梅也以親切的態度自我介紹。

阿弘是在早上買肉包的時候無意間聽到尊生和另一位同學的談話，從談話中得知尊生聽說艾莉生前有在從事援交的消息。

當時尊生見到阿弘時又是一臉為難，是阿弘再三請託之下尊生才答應與小梅見面。

「你是在哪聽到這個消息的？」小梅直接問道。

「好像是有人聽到老師和警察的談話，這些都是聽說啦，最近班上有些人在傳這件事，我不能保證是不是真的。」尊生說完，輪流觀察小梅和阿弘的表情，他們兩人都皺起眉頭，看著尊生。

依照尊生的說法，表示警察還在偵辦艾莉的案件，明明表面看似單純的跳樓自殺，過了一個月卻遲遲沒有結案，想必警方一定也嗅到什麼不尋常的氣息，不知道和那天晚上的事有沒有關聯。

前幾天晚上，家中的電鈴突然響起，小梅自然地上前應門，她並沒有想太多。

一打開門，眼前的是兩名高大的警察，他們亮出了自己的警證。

「方便打擾一下嗎？我們有事想請教林司廣先生。」

小梅表情鎮定，但心跳正漸漸加速。

「我爸嗎？可是他現在不在家。」小梅據實回答，但並沒有說出他下落不明的事。

兩位警察對看了一眼。小梅在心中祈求他們不要再問下去。

「那不好意思，打擾了。」其中一名警察說道，之後又再補充：「我們會再找時間過來。」

警察離開小梅家後，小梅鬆了一口氣。雖然他們說下次會再來，但卻沒有再出現過。

那麼單純的女孩竟然是援交妹，這到底能不能信，阿弘暗忖。

小梅突然想到，當初艾莉的母親燕儀在隱瞞的，會不會就是艾莉曾經從事過援交的事。警方早已向燕儀提起過，她如此猜想。

小梅把手靠近下唇，三個人都沉默不語。

「那個……」這時，尊生突然開了口：「我可以問一下……為什麼要問我這些嗎？」

「因為她……」阿弘先開了口，但又看了小梅一眼。

小梅回以眼神，阿弘便繼續說道：「她一直聯絡不上她爸，她懷疑她爸和艾莉的墜樓案有密切的關係。」

「她爸？那跟這些有什麼關……」話還沒說完，尊生就露出領悟了什麼的表情，「我們老師是她爸嗎？」

阿弘對尊生點了頭，尊生的視線又回到小梅臉上。他完全想不到外貌平凡的司廣會有個這麼漂亮的女兒。

「這樣的話我也不知道該怎麼幫你們欸，我甚至不知道他為什麼那麼久沒來學校上課。」尊生一隻手放到了後頸。

「沒關係……」此時，服務生送上了紅茶和蛋糕，小梅住了口，待服務生離去後，她才再度說道：「你只要回答我問的問題就好了。」

「嗯。」尊生喝了一口紅茶。

阿弘也喝了一口紅茶後，便吃起他的巧克力蛋糕。

「我想再問一下，關於你們班的艾莉和怡琳的事，可以嗎？」小梅問。

「可以啊，不過我跟他們兩個都不太熟。」這時，尊生啊了一聲，「之前有個人打電話來問我艾莉的事，那個人就是妳吧。」

「是我，但那些不重要了。」小梅淡然地說道。

「呃，這樣啊……那妳這次要問的是……」尊生說話有些吞吞吐吐，他一時不知道該如何回應小梅。

「你只要告訴我你的感覺就好了，在你眼裡，你認為艾莉和怡琳是熟識的嗎？」

尊生偏著頭，像是在探索過去的記憶，一邊說道：「我想她們應該不怎麼熟，我從來沒有看過她們有什麼交集。」

小梅沉思了好一段時間，她拿起咖啡杯，但裡面已經空了，她又把杯子放回桌上。

「抱歉，我等一下還要補習。」尊生看了一下手錶突然開口道。

「是嗎，不好意思打擾到你了。」小梅放下嚴肅的表情，吐了一口氣，靠向椅背。

「那我先走了。」尊生起身，把零錢放在桌上後轉身離去，走了兩步路，他又回頭說道：「有需要我幫忙的話再找我就好了。」

「好，今天謝謝你了。對了，希望你不要跟任何人說我們今天找你的事，有些事還不方便別人知道，拜託你了。」小梅不想要引起任何不必要的譁然。

尊生點頭答應，隨後又邁開了步伐，他走出店門，店門上的風鈴發出清脆的聲響。

小梅在座位上沉默了好一陣子，阿弘則又叫了一塊起司蛋糕，邊吃邊偷看小梅專注的模樣，起司蛋糕的味道好像更甜了。

20

放學後，小梅自己一個人在學校附近的餐廳解決了晚餐，她並沒有直接回家，而是在學校的公車站搭了反方向的公車。

下了車以後，她在附近到處閒晃，這裡沒有吵雜的引擎聲、汙濁的空氣，就算沒下過雨空氣還是很清新。

周圍的建築物不多，前方有棟木造的平房，平房旁邊有個小庭院，小庭院內除了雜草空無一物，連接屋內的是一扇大落地窗，落地窗內房間的燈是亮著的，小梅朝著那棟平房走去。

書房內的地上堆滿了書，每本都沒有秩序地散落在地上，詩華在書桌前改著考卷，旁邊是連接庭院的大面落地窗。白天的時候這裡完全不用開燈，陽光都會從這面落地窗直灑進來。

門鈴突然響起，她放下披在肩上的小毯子，摘下眼鏡。

詩華走出書房，到了玄關打開屋子的大門，站在門外的是小梅。

「怎麼沒說一聲就突然跑過來了。晚餐吃過了嗎？」詩華讓小梅進入家中。

「嗯，吃過了。」

小梅跟著詩華進到書房內，她看到滿地的書便又忍不住幫詩華整理起來，又隨口抱怨了兩句：「媽，妳很懶欸。」

「放在那有什麼關係，書櫃都已經放不下了。」詩華坐回書桌前，靠在椅背上伸展了一下身體。

「那妳也整理好啊，都快沒地方走了。」小梅彎下腰，把散落一地的書整齊地堆在牆邊，中途還不小心踢到幾本書。

詩華戴上眼鏡，披上毯子繼續改著考卷，原字筆在考卷上劃過，發出清脆的聲音。

「現在學生這點程度也能進我們學校，水準真是越來越低。」詩華嘆了口氣。

小梅拿了張椅子坐到詩華的書桌旁，她好奇地看了詩華剛改好的考卷，幾乎都不高於六十分，詩華把一張一模一樣的空白考卷放到小梅面前。

「拿去寫寫看。」

小梅拿起考卷，大概是今天詩華給學生考的數學考卷，她把考卷掃描一遍，得知了為什麼每個人都考這麼差的原因，雖然全是選擇題，但這份考卷的難度並不簡單。

「媽，是妳出得太難了啦。」小梅似乎有種替詩華班上的學生抱怨的感覺。

「一點也不難。」詩華一副事不關己的態度說道。

詩華給班上的考試，通常都是親自出題，很少用學校題庫的題目，雖然已經很少老師會這麼做，但她仍堅持自己的作法，對於教育，完全看不出她生活上的怠惰。

小梅現在完全沒有一點做考卷的心情，但還是硬著頭皮拿起詩華桌上的筆。

「全部都要做嗎？」

詩華瞥了小梅一眼發出「嗯」的一聲。
小梅順暢地作答，手上的筆幾乎沒停過，腦袋思緒清晰，一般學生得花四十幾分鐘完成的題目，小梅只花二十分鐘就完成了。
小梅把做完的考卷拿給詩華，她承認這是她最近做過最費力的試題，但做完後卻感到一陣通體舒暢，甚至讓她暫時忘記司廣的事。
詩華接過考卷，她並沒有訝異小梅的作答速度，她很清楚小梅的實力，只在臉上擺出滿意的笑容，嘴角微微上揚。詩華看了小梅的答案，在正反面都畫了一個大勾。小梅看到結果，也驕傲地露齒一笑。
「還好妳是讀我們的學校，但我一直很懊惱為什麼沒機會教到妳們班。」
「給誰教都一樣啦。」小梅得意地笑，她認為根本就不需要靠老師教導就可以自己領略教科書上的所有內容。
「那可不一定，要是那個王八蛋讓妳去讀他的學校，妳就被糟蹋啦，在那種惡劣的環境下，妳是不可能好好讀書的。」詩華口中說的「王八蛋」指的就是司廣。詩華放下原字筆，對著小梅繼續說：「今年妳就要升高三了，也就是說明年就要參加升學考試，好好加油，媽媽期待妳的表現。」
聽到詩華提到司廣，也就是詩華口中的王八蛋，小梅全身舒暢的感覺頓時消失，表情也變得僵硬起來。
「媽，我問妳一個問題。」小梅口氣變得生硬。
「什麼事？」詩華繼續改起考卷。
小梅知道，比起自己，更了解司廣的就是母親詩華。

「妳從去年的十二月開始，有跟爸聯絡過嗎？」
「沒有，別說什麼去年十二月，我已經好幾年沒跟他有往來了。」
「真的嗎？」小梅又進一步確認。
「對啊，怎麼了？」詩華感覺小梅的態度跟剛才不太一樣於是便反問小梅，她放下手上的原字筆，視線轉向小梅。
「他不見了。」小梅垂下目光，小聲地說，語氣中帶著落寞和擔憂。
「嗯？」
不知道是因為小梅說得太小聲真的沒聽清楚還是詩華不想談論有關司廣的任何話題，詩華態度冷淡。
「媽……」小梅有如吞下鉛塊，她抬起頭看著詩華，眼神透露著哀怨。
「到底怎麼了，妳想要說什麼？」詩華感到不耐煩，她的確不想提到司廣。
小梅眼眶泛紅，她知道詩華不喜歡司廣，所以從小就盡量不在司廣和詩華面前提起對方，但沒想到詩華對司廣會如此反感，小梅心中湧起令人窒息般的錯愕感。
「他不見了……他已經好久沒有回家，我也好幾天都聯絡不上他了。」小梅邊說，聲音慢慢變得有些沙啞。
「那也跟我沒有關係。」
「妳都不會擔心他嗎？」
「完全不會，他要去哪裡是他的自由，等他在外面玩夠自己就會回去了。」詩華蓋上原字筆的筆蓋，把考卷堆到桌面一隅，又摘下眼鏡，「唉，不想改了，都是妳跟我說這些有的沒的害我現在完全沒心情做事。」

詩華離開位子，她走到落地窗旁邊，牆角的櫃子上放了一束用透明玻璃花瓶裝的玫瑰花，玫瑰花有著熾烈的鮮豔紅色。詩華輕撫玫瑰的花瓣。

好像要開始枯萎了。

詩華凝視著玫瑰花一邊說道：「要是妳覺得現在生活不方便，隨時可以搬來我這裡住，屋子剛好還有一間空房間，現在只用來堆放雜物。」

小梅無奈且無助地坐在椅子上，原本今天來這裡只是希望可以從詩華身上得到些什麼，或是幫助自己尋找司廣的下落。非但事與願違，反而還聽了一些無關緊要的話。

「媽，拜託妳了。」小梅從椅子上站了起來。

「拜託什麼？我真的很久沒有跟他往來了。」詩華的不耐煩全寫在臉上，眉間和額頭擠出深深的皺紋。

「一點點小事也好，能不能幫我想想看爸爸可能會去什麼地方。」

「妳這麼拜託我也沒有用啊，我真的好幾年沒跟他聯絡了，他平常可能會去什麼地方還是這幾年的生活習慣怎麼樣我真的不知道，這些事妳應該比我還清楚吧。」詩華說得有氣無力。

被詩華如此唸道，小梅對於自己平常不了解司廣的行蹤感到愧疚，在家裡的時候司廣要去何處從不會跟小梅報備，只會偶爾看心情提起一下，但小梅也知道自己並沒有權力管司廣要去哪裡。

不，我根本不怎麼清楚……。小梅原本想說這句話，但又吞了回去。

詩華對著玫瑰花嘆了一口氣，隨即轉身面對小梅，她要小梅在椅子上坐好，自己也回到了書桌前的位子。

「本來不想跟妳說這些的。」詩華說。

小梅不發一語，她注視著詩華的表情。

詩華大聲嘆了一聲氣，她開口道。

「妳知道我為什麼跟妳爸離婚嗎？」

小梅搖了搖頭，書房內瞬間瀰漫起一股令人窒息的氛圍。

21

翌日中午，小梅才從棉被裡爬出來，今天她向學校請了假，說是身體不舒服。昨天回到家後就已經接近午夜，詩華對她講的事在她耳邊不斷繚繞，使她整夜輾轉難眠，到了天亮才好不容易有點睡意。

小梅走進浴室，她照鏡子的時候嚇了一跳，眼前的自己面色蒼白，雙眼佈著些微血絲還有點腫脹，她揉了雙眼，確認自己沒有看錯。

打理好儀容之後，她步出家門，身上穿著深藍色的棒球外套和緊身牛仔褲。

還沒走到公車站，公車已經駛近站牌，小梅加緊腳步，在司機關上門之前擠上了公車。

下了公車後，眼前是一棟白色的建築物，小梅朝裡面走進去。

通過了警衛，她搭了電梯來到三樓，電梯門一打開，就看到牆上掛著「連和國律師事務所」的招牌，箭頭指著右邊的方向，右邊有個玻璃門，透過玻璃門可以看到裡面的櫃檯，櫃檯裡坐著一名年輕的櫃檯小姐，小梅推開玻璃門用著有點沙啞的聲音對櫃檯小姐說。

「不好意思，我來找連律師，我有事想請教他。」

櫃檯小姐翻著桌上的資料，她皺著眉頭反覆翻了兩三次，「請問……您有預約嗎？」

「沒有，我是臨時來的，請問要事先預約才能見連律師嗎？」

「也不是這樣，因為怕臨時來會和其他顧客的時間撞上，所以我們才會採用預約的方式，不過現在剛好沒有其他顧客，我打電話幫妳問問看連律師現在方不方便，請問妳的大名是？」

「說是林司廣的女兒就好了。」

就算小梅報上自己的名字，連律師恐怕也不知道是誰，但如果是司廣的名字他一定有印象。

「好的，請妳稍等一下。」說完，櫃檯小姐就拿起話筒，按了幾個按鍵。

半晌，櫃檯小姐放下話筒起了身來，「請往這邊走。」

小梅跟著櫃檯小姐走進事務所內的某一間房間，房間內採光明亮，中間放著木製的茶几和沙發，茶几上擺著一組高級的木製泡茶組，櫃檯小姐請小梅在沙發稍坐片刻。

不到十分鐘，和國就走進了房間，他在小梅面前坐下，這次當然不是他們第一次見面。

「妳好，我姓連，先喝杯茶吧。」和國遞上名片，隨後又從茶組拿起茶壺倒了兩杯熱茶，一杯放到小梅面前，態度從容。

「妳爸爸最近怎麼樣？他前陣子有事情要拜託我，但之後就聯絡不到他，不知道是不是不需要處理了。」

「請問他拜託你的是什麼事？」小梅問。她喝了一口熱茶，熱氣從茶杯中竄出，臉頰感受到溫熱，熱茶順著喉嚨流進腹部，身體也跟著暖和起來。

「這我不方便說。」

小梅早就猜想到會得到這樣的回應，對於律師來說顧客的資料都算是機密文件，不得任意洩漏。

小梅看向窗外，成群的麻雀從大樓邊飛過。

昨晚，詩華告訴小梅他們離婚的經過後，小梅始終難以置信他們離婚的原因。

「我最多就告訴妳這些，其他的任何事不要再來問我，我再說一次，司廣現在跟我一點關係都沒有。」這是詩華昨晚最後留給小梅的話。

據詩華口中闡述，她和司廣離婚的主要原因是因為司廣外遇。

現在沒有太多時間讓小梅憂慮，當務之急是找到司廣的外遇對象，但幾乎沒有任何線索，詩華也不願意再多說，只知道對方之前是在花店上班。

二十年前——

司廣和詩華是在夕山高中認識，當時司廣才剛成為正式教師，詩華則是在那邊擔任實習教師。他們只相差三歲，司廣二十九歲，詩華二十六歲。

在這之前，雙方的戀愛經驗並不豐富，司廣雖然交過幾任女友，但都是草率應付；詩華則是本身對愛情就不感興趣，她的生活重心幾乎都在課業和事業上。

詩華到司廣的班上實習後，司廣經常細膩地教導詩華教師的職務，詩華也逐漸對司廣產生信任，或許是因為司廣是職場上的前輩，詩華才會從對他的仰慕感延伸成愛情。不久後，雙方感情漸漸加溫，他們的交集已從職場進展到彼此的私生活。

過了約一年半，他們終於步入禮堂順利成為夫妻，詩華也在不久後懷了孕，同時搬進司廣的家中，那是他們人生中最幸福的時刻，也是美滿婚姻的開始。

這段時間，司廣常常會在下班後帶著一束玫瑰花回家，那不是紅色的玫瑰花，而是潔淨的白色，因為詩華曾經向司廣提過她喜歡白玫瑰，只要看到心情就會變得很好，這樣的生活持續了好一陣子。

他們的女兒出生後，詩華便離開夕山高中辭去了教師職務，全職於主婦的工作。詩華從未想過她會因為家庭而放棄事業。

意想不到的是，詩華對夫妻間的感情經營逐漸倦怠，不僅是出外，在家中相處的時間也越來越少，更不用說是性行為的次數。且育兒想法及生活習慣也開始造成他們感情變質。

「我們這樣還像是夫妻嗎？」司廣常常對詩華的態度感到疑惑。

原本還有些修復空間，但詩華不願再付出任何心力，使關係持續惡化，婚姻生活在短時間內瀕臨破滅，唯一使婚姻能維持的僅存因素，是女兒小梅。或許這是一種身為母親使命感吧。

而不知道從何時開始，司廣在一個禮拜中有一兩天都會晚回家，甚至在晚上出門，詩華問了司廣原因，司廣都只說是出去走走，詩華一開始也不以為意。之後次數卻越來越頻繁，讓詩華感到納悶與憤慨。

某天晚上，詩華騎著腳踏車，她剛買完些嬰兒用品正要步入家門口前的巷子，司廣正好出現在她眼前遠處，背對著家門口漫步離去。司廣並未注意到詩華。

原本詩華還懶得理會，但她突然被某種好奇心驅使，產生種想一探究竟的衝動。

要是不作出任何行動還好，但接下來的舉動卻造成她永遠無法忘懷的慘痛記憶。

她匆忙回家放好剛買完的物品，確認小梅正安穩地睡著後，又牽起腳踏車步出家門。

詩華沿著剛才司廣離去的方向前行，不久後便發現了司廣的身影。

她與司廣保持了數十公尺的距離，但詩華總是想再靠近一點，心想要是跟丟的話就糟了。

每次司廣放慢腳步，詩華就會感到一陣慌張，她跳下腳踏車，牽著腳踏車的龍頭行走。一直用這麼慢的速度騎腳踏車實在費力。

司廣已經沿著大馬路走了二十分鐘了，詩華更確信司廣不是只是出去走走，他一定有個明確的目的地。

這時，司廣突然向右轉，詩華急忙跳上腳踏車用力踩著踏板，在司廣轉彎的地方跟著右轉。

過了轉角後，詩華卻找不到司廣的身影，只有少數店家的招牌閃爍著燈光和整排整齊的路樹。

糟了，詩華心想。

詩華又跳下腳踏車，她沿著道路緩慢行走，腳踏車的鐵鍊發出喀啦喀啦的聲音，聲音比剛才聽起來更大，因為這條路比大馬路安靜多了。

沒走幾步路後，詩華感到一陣胸悶，同時能感受到自己心臟跳動的聲音，她的餘光瞄到了熟悉的身影，她轉頭確認，司廣正在旁邊花店的玻璃窗內，上方招牌寫著「夏朵花藝」。店內的燈幾乎是關上的，只透進一點路燈的光線。

然而，令詩華心臟跳動得如此迅速的原因並不是只因為看到司廣，司廣身前還站著一個女人，他們的嘴唇正緊密貼合。

詩華急忙躲到花店對面的路樹旁，她放低姿態，直視著花店的玻璃窗內，司廣還沒有發現她。

花店內有豐富的花朵和植物，司廣常帶回家的白玫瑰也在其中。詩華專注凝視著。

女人穿著白色的露肩洋裝，露出修長的雙腿，看上去大概只有二十五歲，她和司廣互相含著對方的嘴唇，雙手緊抱著對方。這樣的狀態只持續了約十秒鐘，他們分開後又有說有笑地在聊著些什麼，不久後，女人拉下花店的鐵門，他們的身影隨著鐵門逐漸關閉消失在詩華的視線中。

詩華有如吞下鉛塊，身體沉重得幾乎無法站立，她沒有留下任何一滴眼淚，不知道是不是她看到的一切已經讓她無法反應，雙眼空洞無神。

詩華花了好大一番力氣才讓自己站穩，她硬拖著身子緩緩騎上腳踏車，然後一路疾駛回家，路途中她一度想要就這樣衝上馬路，然後被汽車撞上，但她告訴自己不能這麼做，因為家裡還有需要她照顧的小梅。

過了好幾天，詩華一直沒有向司廣提出這件事，時常無精打采。司廣當然會覺得詩華的樣子怪怪的，但不論怎麼關心，詩華都只說沒事，她已無意經營夫妻間的關係。

最後司廣終於忍受不住詩華的態度，心虛地問道：「妳到底怎麼了？」

「你自己知道。」詩華謹以此回應。

在詩華懷孕期間的某天，司廣第一次踏進「夏朵花藝」，他買了一束白玫瑰，因為品質不錯，所以之後也常常光顧，成了「夏朵花藝」的熟客。

除了成為熟客之外，司廣也經常與老闆娘談天，就算已經拿到了想買的花，他們還是會在店裡多聊一些時間，而從談天的過程中，他們也漸漸熟識彼此。老闆娘就是詩華那天在玻璃窗內看見的女人。

其實在司廣第一次光顧時，他便覺得老闆娘的外貌有些誘人，不時會偷偷注意老闆娘姣好的身材。這雖可說是男人的本性，但司廣還是時常警惕自己，絕不能讓自己的內心產生動搖。

某天，他被老闆娘問起為什麼常常來買玫瑰，他回答說是要送給老婆的，而他也拿出詩華的相片與老闆娘分享。

「你老婆很喜歡玫瑰欸。」老闆娘看完相片後對司廣這麼說。不知道為什麼，司廣從這句話的語氣當中感受到一絲其他情緒。

他們雖然只會在花店見面，但每當見面時，他們眼中都只剩下對方，且這種情況日益強烈，司廣也毫不保留地將這份情感表現出來。不知不覺中，買花給詩華已成為其次。

一段時間後，司廣和老闆娘幾乎無所不聊，他們也都確定彼此已衍生出其他感情，且是男女之間的，但沒有一方坦率地說出。

在小梅即將出生時，為了慶祝他們即將有自己的孩子，也慰勞詩華懷孕期間的辛苦，司廣向「夏朵花藝」訂了一束華麗的白玫瑰花束，那不像司廣平時買的只有簡單的包裝，是必須經過複雜的手工才能完成的精緻花束。

到了取貨日期，司廣到「夏朵花藝」想要拿他訂購的花束，但從外面一看，店內卻是黑漆漆的一片，司廣走進店內，依然只有微微的路燈從玻璃窗透進來，他看到地上亂七八糟，到處散落著花瓣，放在櫃子和牆上的花束也都變得雜亂不堪，他隱約看到有個人站在花店中央不停地喘息著，眼前的人披頭散髮，穿著背心和短裙，司廣靠近一看，發現那個人就是老闆娘，老闆娘似乎也注意到了司廣，她轉頭看向司廣。

「這裡怎麼了。」司廣納悶地問，同時注意到老闆娘的手正鮮血直流。

司廣在店內找了衛生紙幫老闆娘擦拭著手上的鮮血，但老闆娘卻把自己的手抽開。

「為什麼……」老闆娘語氣哽咽。她拿起旁邊的玫瑰花往地上重重一摔，臉上的淚痕還沒乾，新的眼淚又從旁邊流過。

司廣聽不懂老闆娘說的話，但他隱約能猜到老闆娘想表達什麼，他要老闆娘先冷靜下來，但下一秒卻被老闆娘扯開襯衫的鈕扣又被抓住了雙臂。

「我們只是比較晚認識，對不對？」從老闆娘的語氣中，能感受到她對司廣老婆強烈的嫉妒。

司廣的表情透露著為難。

老闆娘的臉往司廣臉上撲過去，她用嘴唇緊緊抵住司廣的嘴唇。

司廣想把老闆娘推開，但他碰到老闆娘的肩膀後雙手卻瞬間使不上力，他感受到老闆娘細緻滑順的肌膚，還聞到她身上散發的香味，司廣的手順著老闆娘的手臂滑下。

老闆娘又抱住司廣，兩人身體緊貼，司廣感受到老闆娘豐滿的胸部正擠壓著自己的胸口，他雙手開始顫抖，同時感受到自己雙腿間逐漸膨脹。

司廣的呼吸凌亂，全身冒汗，他完全忘記自己來這裡的目的，更忘記要帶花回家給老婆。

此時司廣腦中已經沒有任何理智。

司廣一口氣抱起老闆娘，讓她平躺在店內牆角的桌上，桌面上還有著散落的白玫瑰花瓣。兩人對視，司廣主動往老闆娘的嘴唇親了下去，老闆娘有些驚訝，但隨後即環抱住司廣。司廣用手伸進老闆娘背心的下襬。

司廣心跳加速，全身的毛細孔開始變得敏感。

有那麼一剎那，司廣曾恢復理智，但下一秒身體的慾望又猛烈地侵佔了他的大腦。

老闆娘身上的香味使司廣神魂顛倒，司廣慢慢發出呻吟，全身感到一陣酥麻。直到完事，司廣始終陷入在激情衝動之中。那天是他們第一次發生關係。

之後，司廣卻還是常常到「夏朵花藝」買花，而且也和老闆娘發生過不少次性關係。另外，老闆娘從司廣口中得知他的婚姻裂痕後，更是積極地利用這點擄獲司廣的身心。

司廣背負著無比罪惡感，卻也享受這種刺激，老闆娘玲瓏有緻的身體，總是讓他難以抵抗。

最後，詩華為了小梅，好不容易將她跟蹤司廣的事毫無保留地說了出來。

司廣低著頭不斷道歉。

詩華握起拳頭不停地在司廣胸口上敲打，每一拳都深擊著司廣內心。小梅的哭聲從房間內傳出。

「離婚吧。」

這時詩華才想通，當初會愛上司廣只是被一時的衝動所蒙蔽，只是誤將對司廣的仰慕認知為愛意。若放棄事業是這段婚姻的代價，實在不值得。

詩華提出離婚，並要求小梅必須由她來撫養，但司廣在這方面堅持不同意，兩人又為此大吵一架。

司廣找了律師諮詢，律師告訴司廣只要法官認定司廣的經濟能力、生活狀況、健康情形等條件優於詩華，就可以得到小梅的監護權。

詩華當然也不甘示弱，但她缺乏司廣外遇的證據，司廣在法官面前也完全不承認，更因為詩華當時沒有工作，法官認為她沒有撫養能力，因此沒有爭取到小梅的監護權。

詩華憤而搬離司廣家中，正式離婚後，詩華開始研習數理方面的才能，她的生活全貫注在教學研究上。沒過多久，她就進入首屈一指的名校教書，恢復了教師的身分，並成為數理方面的名師。

但她始終掛記著小梅，她無法安心地把女兒全權託付給司廣照顧。事後又經過雙方協調，司廣答應每個禮拜會帶著小梅到詩華家中，至少讓詩華可以看著小梅長大。

從此，詩華的生命中就只剩下教書和盼著小梅長大，她對任何事都失去興致，個性變得更加怠惰。

桌上的茶已經不再冒煙，杯中卻還有超過半杯的量。

小梅緊咬牙根，狠瞪著和國，她現在的氣勢不亞於空手道的比賽中。

「你快點告訴我，那個誘惑我爸的賤女人到底是誰？」小梅態度強硬，但和國始終面不改色，不受任何影響。

「很抱歉，我必須保護我的當事人，對於他們的個人隱私有保密的義務，就算妳是司廣的女兒，我也不能告訴妳。」和國語氣沉穩，從他從容的態度看得出來他已在法庭中身經百戰，眼前的只是一位十七歲的高中生，對他毫無威脅性。

小梅垂下目光，眼神中帶著無奈和不甘心。不管問什麼事，和國都不願意透漏。

最後，小梅只好帶著遺憾離開律師事務所。她的肚子發出叫聲，已經快要一整天沒有吃東西了。

褲子裡的手機發出震動，她拿出手機，來電顯示是阿弘。

「喂，幹嘛？」小梅的聲音有氣無力。

「妳現在在家嗎？」阿弘咬字模糊，小梅猜測他大概嘴裡又含著肉包。

「不在啊，怎麼了？」

「妳要是回家的話，看　下新聞。」

「看什麼新聞？有什麼事你直接說啦。」小梅不耐煩地說，語氣變得稍微急促，她心臟正急速跳動，默默祈禱不要是司廣的噩耗。

阿弘在電話中停頓了兩、三秒，小梅卻覺得已經過了好幾分鐘。

「艾莉的墜樓案剛剛以自殺結案了。」

22

夜晚的十字路口沒有半點人和車，沉寂的街道讓人感覺空氣變得更冷了。怡琳穿著短裙和黑色絲襪，她拿出手機看了一下時間，走進轉角的旅館。

怡琳搭上電梯到了三樓，在電梯內時她用牆上的鏡子調整自己的儀容，檢查自己的妝有沒有脫落，她的眼影上了厚厚一層。一走出電梯左轉是長長的走廊，各房間的房門在左右兩邊的牆面，牆面有著些許裂痕，地毯上也滲著不明的汙漬。怡琳到了三〇四號房門前停下來，她敲了門。

一年半前的記憶在她腦海中復甦。

國中畢業的暑假，那是個燥熱的夏天，下午，怡琳在廚房洗著碗盤，菜瓜布已經用到只剩一個硬幣大。她洗完水槽內所有的碗盤後解開圍裙掛回牆上，她拍了拍褲子，吸乾手上的水。

走出廚房，她看到母親薇雅坐在客廳的沙發上不停搓揉自己的雙手，這是她焦慮的表現，額頭還冒出不少汗珠。

「媽，我出門囉。」

當時怡琳正要出門打工，雖然她只有十五歲，但為了貼補家用，她每個假日都會出門工作。怡琳從小就跟著薇雅過著貧苦的生活，薇雅沒有穩定工作，她的生活全靠兼職和父母的遺產來支撐。

薇雅看見怡琳拿起鑰匙，她慌張地衝到怡琳面前抓住她的肩膀。

「妳要去哪裡？」薇雅的眼睛撐得很大，眼白還佈著一些血絲。

怡琳害怕地向後退，舉起雙手護在自己的胸前。這陣子薇雅的情緒非常不穩定，而且日漸嚴重，不時就會焦慮不安，一下子看起來老了好幾歲，怡琳為此不知所措。

「妳不會出去就不回來了吧，妳不會留我一個人在家裡吧，妳不會不要我對不對……」薇雅語氣急促還帶著點哭腔。

「媽……」怡琳愣在原地，她的眼淚緩緩流過臉頰，她忘記薇雅從什麼時候開始變得這樣。

「我只是要去上班而已啊，晚上就回來了啊……媽……」怡琳也抓住薇雅的手臂。

薇雅突然回過神似地，她放開怡琳肩膀上的手後跪坐到地上，不斷地說著對不起三個字。

怡琳蹲下抱住薇雅，輕拍著薇雅的背，「沒事……媽……沒事。」

薇雅的情緒好不容易才平復，怡琳帶著她到房間內休息才又準備出門。

「媽媽一直都是很愛妳的喔，怡琳。」在怡琳走出薇雅的房門前，薇雅這麼對怡琳說。

上班的時候，怡琳一直心不在焉，薇雅的狀況讓她憂心，她不知道究竟該如何解決，每當薇雅有如精神崩潰似地發瘋，她就想要從家裡逃出去。

到了晚上，怡琳實在很不想回家，她不想面對這樣的母親，但薇雅的身心狀況又令她擔憂，她知道自己必須早點回家陪伴薇雅。兩種念頭在怡琳的心中產生衝擊，也對自己感到厭惡。

最後，她決定先到附近的酒吧喝一些酒再回家，好消除自己心中的不愉快。

怡琳走進位於地下室的酒吧，她沒有被要求出示證件就順利地坐到了靠牆的位子上，而這個位子離吧檯有點距離，也好讓她避人耳目，她在心中暗自慶幸。這裡燈光微弱，伴隨的是藍調爵士樂，很適合放鬆心情。

她點了一杯柯夢波丹，在酒杯中呈現洋紅色的光澤，喝下一口後，伏特加、澄酒和蔓越莓的味道在她口中交融，她輕閉雙眼，感受著酒精刺激全身的溫熱感。

這時，她感覺到身旁的椅子和桌子有微微晃動才睜開眼睛查看究竟。一名身形消瘦的男子坐在她旁邊的位子上，看上去年約四十出頭，梳著油頭造型，身上穿著酒紅色的襯衫，戴著金色項鍊，還散發出濃濃的香水味。男子手上拿著杯馬丁尼，襯托出他成熟男性的氣息。

「妳看起來不像是成年人喔，怎麼會來這種地方？」男子開口向怡琳搭話。

雖然怡琳的外型嬌小可愛，不時會聚集男生的目光，但這還是她第一次被人搭訕。

「心情不好。」怡琳簡易地回答道，她完全不在意自己的年紀被看穿。

「喝酒會讓妳心情變好嗎？」

被男子這麼一問，怡琳也不知道該如何回答，因為她並不是常常喝酒。

「也不是，就感覺可以忘掉一些事情。」

「這樣啊。」男子露齒而笑，他看了手錶，現在是十點五十分，「妳這麼晚了還不回家嗎，還跑出來喝酒啊？」

「我剛下班，喝完就回去了。」

「妳這麼小就在上班？」

「打工而已，因為家裡經濟狀況不好，需要賺一些錢補貼家用。」

「真是辛苦妳了，妳今天第一次來這裡嗎？」

怡琳用點頭代替口頭回答。

「我也和妳差不多，今天是我第三次來。」男子又笑了兩聲，「妳喝的那杯是海風嗎？」

「不是，是柯夢波丹。」

「柯夢波丹啊，聽說女孩子很愛喝這個，可以讓我嚐嚐味道嗎？」

怡琳猶豫了一會兒，才把酒杯放到男子面前，男子舉起酒杯，先嗅了一下味道，之後把酒杯放到嘴邊喝了一小口。

「嗯，比想像中的好喝，我以為蔓越莓汁的味道會太重，沒想到調得剛剛好。」男子露出滿意的笑容，眼尾的魚尾紋顯得更明顯。

「我倒覺得酒味有點太重。」

男子哈哈地笑了出來，「可能因為妳還是小孩子吧，要不要試試看我這杯，妳所說的酒味會更重一些，但絕對可以讓妳忘掉想要忘掉的事。」男子把馬丁尼舉到怡琳面前。

怡琳伸手接過馬丁尼，才喝了一小口，喉嚨瞬間感到無與倫比的熱辣感，她的意識逐漸模糊，腦袋感到一股沉重，視線變得漆黑。

不知道過了多久，怡琳從沉睡中醒來，她感到四肢無力，腦袋依然昏沉，眼前只看得到一個小光點。

這裡是哪裡？

怡琳奮力回想昏睡前的記憶，但昏沉的腦袋使她怎麼樣都想不起來。

這時，她感覺到一種溫熱黏稠的液體滴在她的腹部上，她才意識到自己全身赤裸，身上沒有半點衣服。

聽力逐漸恢復，她聽到男人的喘息聲。小光點的樣子也漸漸清晰，那是一個圓形的電燈，眼前是一片暗紅色的天花板。

怡琳大概是猜想到自己遇上了什麼事，她雙眼流出眼淚，此時感覺到雙腿間正隱隱作痛。她努力想從床上坐起，但四肢依然無力，頂多只能稍微舉起脖子。

她看見剛剛的男子正坐在床沿穿衣服，而自己的衣服則通通被丟在一旁。男子似乎意識到怡琳的動靜。

「妳醒啦。」

男子從錢包掏出五張千元鈔票丟在怡琳的枕邊，隨後站起身來，他又開口說道：「如果妳想賺錢，以後就來找我吧，絕對比妳打工賺得錢多上好幾倍，放心，我不會虧待妳的。」

男子在床頭櫃上的便條紙上寫下了自己的手機號碼，之後便走出房門揚長而去。

怡琳不知道又在床上躺了多久，她邊哭邊摸著自己的雙腿之間，疼痛感逐漸劇烈。

那天之後，怡琳開始從事援交，藉由男子介紹客人，同時也網羅身邊姿色不斐的女同學，並從中抽取獲利讓她賺了不少錢還擴展了人脈。

高一剛開學的某天，她偶然發現班上有位女同學一直盯著自己的零錢包還伴隨著憂愁的表情，她直覺這個女生一定很想要錢。因為當時班上的所有同學都還互不相識，藉此機會搭話也是再正常不過。

怡琳在這名女同學前面的位子以側坐的方式坐下，她用手指敲了女同學的桌面。

「哈囉，我叫怡琳，妳叫什麼名字？」怡琳露出善意的微笑。

「我叫艾莉。」艾莉說話的聲音很小聲，她沒有正視怡琳的眼睛，似乎是因為有點害羞。也能感受到她對怡琳突如其來的招呼感到訝異。

「妳是不是很想要錢啊？」

這時艾莉才撐大雙眼驚訝地看著怡琳，好像自己的內心被怡琳看透一樣。

「妳怎麼知道？」艾莉問。

「因為我看妳一直盯著零錢包發呆啊，妳為什麼會想要錢啊？」

「有很多錢就可以住在城堡裡了啊，我想在城堡裡生活，像歐洲那樣的地方，有漂亮的花園和華麗的衣服可以穿。」

怡琳覺得艾莉的想法簡直幼稚可笑，但她沒有表現出來，只是苦笑了一聲。

「是想去留學的意思嗎？」

「不是，就只是想在城堡裡而已。」

「妳腦袋是有問題嗎？」怡琳很想這麼對艾莉說。她實在搞不懂艾莉在想什麼，但也慶幸艾莉如此天真。

「總之，我這裡有可以快速賺錢的工作，妳想不想要試試看？」怡琳的笑容藏了幾分居心叵測，但艾莉似乎不以為意。

「真的嗎，是什麼工作啊？」

「妳來做做看就知道了，真的很好賺喔，但不可以告訴別人。」

怡琳走出三〇四號房直接走向電梯，她又用電梯內的鏡了檢查自己的儀容，臉上的妝容似乎脫落了一些。她拿出手機，確認下一個目的地。

十字路口依然沉寂，只有一輛計程車停在旅館前面，那是怡琳事先呼叫的，她跳上計程車，告訴司機一長串的地址。

23

小梅幾乎找遍她家附近的所有花店，都沒有人對司廣有任何印象，但這樣似乎才合乎常理，世上沒有犯人會聲稱自己看過綁架的人質。

小梅的腳開始酸了，她想找個地方稍作休息，她轉進大馬路旁的街道，便利商店的招牌就在前方不遠處，她朝那個方向走了過去。

還沒走到便利商店，她猛然往右一看，一間玻璃窗式的花店映入眼簾，招牌掛著「夏朵花藝」，小梅決定改變目的地，毅然往花店走去。

「歡迎光臨，想看什麼花嗎？」雨晴親切地問道。

店員雨晴是個看上去約四十多歲的中年女性，留著耳下約五公分的短髮，身形略顯消瘦，她正在整理櫃檯上的金盞花。

「我不是來買花的，是有些事想請教妳。」小梅拿起手機，在螢幕上滑了幾下，「請問你有聽過林司廣這個名字嗎？」她將手機畫面擺在雨晴的面前，「就是照片上這個人。」

雨晴先是疑惑，接著端詳著手機內的相片，搖了搖頭。

「沒有欸，我沒看過這個人。請問……」

「啊，沒什麼特別的事，不好意思打擾了。」小梅將手機收回口袋。又一次期待落空。

小梅環視花店，正當她打算離開時，不經意望見牆上掛著一張相片，她慢慢靠近看著牆上的那張相片。

相片泛黃了些許，應該是有些歲月了，相片中站著兩個女人，看起來是在這間花店內拍的。

「請問這張是？」小梅問道。

「喔，那是我和之前的老闆娘拍的照片，大概是十幾年前了吧，左邊那個是我啊，看得出來嗎？」雨晴語氣中帶著感慨，似乎是因為時光飛逝而讓她感到無奈，「當時還很年輕美貌呢。」

仔細一看，相片中左邊這位女人還真的有點像雨晴，不，應該說那就是雨晴，只是當時她並沒有像現在那麼瘦，皮膚也感覺比較光滑細緻，而髮型則是一模一樣完全沒有改變，只是少了些白頭髮而已。相片中站在她旁邊的女人個子比她嬌小一些，但從身形比例來看，她的腿顯得相當修長，留著一頭長髮，年紀看起來和她差不多，手裡拿著一束黃玫瑰。

「嗯，看得出來啊。」小梅的視線從相片轉移到雨晴身上，「但現在還是很美啊。」這是小梅的真心話。

雨晴聽了後欣慰地微笑道：「唉，都一把年紀了啦。」

「不會啦。」

小梅想詢問相片中另一位女人的事，於是她又看向相片開口說。

「旁邊這個女生也很漂亮欸。她是之前的老闆娘？」

「是啊，也是我的大學同學。這間花店其實是她在將近二十年前開的，但她因為個人因素沒辦法繼續經營，剛好那時候我也想自己創業，所以她才把店轉手交給我。」雨晴發出了一聲感嘆，「當時她還很高興好不容易完成了開一間花店的夢想，結果現實卻逼著她退出。那張相片就是她離開的前一天拍的。」

小梅對著相片點了頭。

「那還蠻可惜的。」

她很想問個人因素是指什麼，但一時想不出妥當的問法，只好先做做樣子觀賞店內的花。

突然，櫃檯旁一束束插在花瓶中的玫瑰奪去了小梅的注意力。

「那就是相片中之前那個老闆娘拿的花嗎？」小梅指著問道。

「喔，對啊。」雨晴的視線也望向那幾束玫瑰。那些是與相片中同種類的黃玫瑰。

「她喜歡玫瑰花嗎？」

「也不是說喜歡。」雨晴蹙眉說，「感覺就是對玫瑰有種特別的感情吧。」

「喔……」

不知怎麼地，小梅聯想到自己的母親詩華。

花店內恢復寧靜，只剩雨晴整理花朵的聲音。沒多久後，雨晴起身到櫃檯旁喝了一口水，隨後開口打破寧靜。

「妳剛剛給我看的人是誰啊？怎麼會想來這裡問？」雨晴指的是剛才小梅手機中司廣的相片。

「她是我爸啦，因為他有時候會買花回家，我覺得那些花很漂亮，所以想知道他是在哪裡買的。」小梅說出口的時候沒有一絲猶豫，說謊對他來說已經是很習以為常的事了。

「那看來不是在這裡買的了。」雨晴微笑著說道。接著又說：「不過妳怎麼不直接問妳爸呢？」

「因為……最近和他吵架，不想和他說話。」小梅擺出任性的表情。

雨晴哈哈地笑了兩聲。

「但我們家的花也都很漂亮啊，妳也可以考慮考慮。」雨晴又說。簡直是標準生意人的台詞。

「好。」小梅僅微笑道，從她的動作看來，今天並沒有想買花的意思。

而小梅接著說：「那個……雖然這個問題有點奇怪，但可以問問為什麼之前那個老闆娘不繼續經營嗎？」

雨晴的語氣有些遲疑，但還是回答了小梅。她認為這好像也沒什麼好不能說的。

「是為了孩子吧，那時候花店才剛起步，收入還不太穩定，如果繼續在這裡工作的話，是沒辦法養活孩子和她自己的。她是這麼跟我說的啦。」雨晴把整理好的金盞花放到店內一隅，換了花盆後看上去比剛才更漂亮，「真遺憾，她的夢想好不容易才剛實現。」

咦?! 那孩子的父親沒有能力照顧他們嗎？小梅很想這麼問，但最後還是沒有脫口說出。取而代之的問題是：「那她現在還好嗎？」

「我們一直到一年半前都還有聯絡，她也偶爾會回來店裡看看，而且還說要我等她回來一起經營呢。」雨晴搔了頭繼續說道：「但好一陣子都沒再看過她，我正打算近期試著聯絡。」

雨晴將雙手舉起伸展了身體，之後坐在不知道從哪裡拿出來的小凳子上。

小梅注視著牆上的相片。

總覺得很熟悉，但印象又很模糊。看著前任老闆娘的面容，小梅心中浮現出這種感覺。

24

怡琳到家的時候已經是凌晨一點，她打開客廳的燈，為了不吵醒薇雅，她的動作放得很輕。她到廚房熱了一杯牛奶後坐在客廳的沙發上啜飲著。

暖和了身子，她腳步輕盈地走回房間，從衣櫃拿出輕便的衣服放在浴室。她又走回床邊坐在床沿，猛然感到一陣無力，全身放鬆地躺在床上。

白天的時候，怡琳才在學校得知了艾莉的墜樓案以自殺結案，某段記憶又油然而生。

「一開始一定會有點不太舒服，但之後就會慢慢習慣了。」怡琳拍著艾莉的肩膀說道。

她們認識沒多久後，艾莉就被怡琳說服開始從事援交，當然，是因為可以有豐厚的收入。第一次接觸客人時，艾莉似乎無法適應，在發生關係時她感覺到那邊劇烈疼痛，一度排斥與客人性交，客人因此擺了臉色。但一想到可以賺很多錢，艾莉只好硬著頭皮撐著。

過了兩個禮拜左右，艾莉終於適應了這份工作，不，這也不能說是一種正式的工作。艾莉漸漸能取悅客人，她能盡量滿足客人的需求，因此工作量日益增多，迅速成為怡琳手中的紅牌，兩人收入更增加不少。

為了和艾莉保持密切聯絡，但又不被班上的同學發現，怡琳找了一間離學校有點距離的餐廳「朝陽町」，她們在那裡預約客人的時間，再由怡琳分配客人給艾莉。

她們並不會同時前往「朝陽町」，通常會由一方先行前往，抵達後再等待對方到來，這樣至少可以保證在到「朝陽町」的途中不會被別人看到，更不會有人知道她們兩個人認識，且她們通常約在較晚的時間，店內的其他客人也比較少，頂多只有老闆娘會有印象，但她們認為這無傷大雅。

「朝陽町」附近也很少會有夕山高中的學生出沒，大概是因為附近都是有名的學校，氣場大不相符，所以在這裡她們可以毫無顧忌的見面。

第一次來這裡的時候，艾莉注意到一旁的牆上貼著許多便利貼，那些都是來用餐的客人的心情或是對「朝陽町」的評價，成了一面留言牆。艾莉看著那面牆，她似乎也想要寫些什麼，於是她起身到旁邊的小桌子上拿了空白便利貼和原子筆，之後又回到位子上思忖著。

「妳想要寫什麼啊？」怡琳看著艾莉面前的便空白利貼。

艾莉把原字筆靠在下巴，看著天花板，她對怡琳露出微笑，然後開始在便利貼上書寫。

艾莉低著頭，寫字寫得很慢，怡琳看著她一筆一劃地寫完，「要是可以住在城堡就好了」

「妳真的這麼想住在城堡喔？」怡琳挑起一邊的眉毛問。

艾莉點了頭，她起身把便利貼黏在牆上，選的是一個靠近牆角不起眼的位子。

「這裡的人都在互相傷害，每天都有不幸的事情發生，當然是要去城堡過著無憂無慮得日子啊。」艾莉邊說道邊回到座位上。「你有聽過七大惡行嗎？」

怡琳搖頭，用眼神示意艾莉繼續說。

「七大惡行又稱為七宗罪，是源自希臘宗教對人類惡行的分類。人類的世界充滿著傲慢、暴食、憤怒、貪婪、色慾、忌妒還有怠惰，我才不想和那些人生活在一起呢。」

怡琳有點驚訝，她第一次看艾莉一口氣說這麼多話，還說得如此慎重其事。

「沒問題的啦，我們再努力多賺一點，妳去城堡的日子就不遠了。」

之後每隔一陣子，艾莉就會寫一些心情黏到「朝陽町」的牆上。而之後分別又寫了「想無憂無慮的過日子」、「想要很多很多的錢」，黏貼的位子都是在她第一次留言的附近。

某日，怡琳和艾莉依舊在「朝陽町」討論著。

「妳現在應該已經累積不少錢了吧。」怡琳對艾莉說道。

「對啊，可是我還沒有仔細算過到底有多少。」艾莉放低了些音量，「我把錢都偷偷藏在我的床底下。」

怡琳哈哈笑了兩聲。

「妳也太可愛了吧。」

這時，怡琳的手機突然響起，是從家裡打來的。

一接起手機，怡琳就聽到薇雅不停的哼哼唧唧，她以眼神示意艾莉暫停討論。

「怡琳，趕快回家好不好，媽媽好想妳，媽媽好孤獨……怡琳……不要……我……」薇雅的聲音透過手機變得斷斷續續，不時有雜音干擾著。

「喂，媽，妳聽得到嗎？」怡琳對著手機叫喊，但沒多久訊號就斷了。

「怎麼了？」艾莉問。

「不好意思，我現在必需回家一趟，我們再另約時間吧。」怡琳手腳慌忙收拾自己的東西，從座位上起身，桌上的餐點還吃不到一半。

艾莉點了點頭。怡琳把用餐的費用放在桌上，隨後匆忙地離開。

一回到家，怡琳就看到薇雅側躺著全身埋在沙發，身體還發出微微顫抖。

「媽……」怡琳輕聲呼喊，緩緩靠近薇雅。

薇雅一看到怡琳，她便跳下沙發抱住怡琳。

「妳終於回來了，我就知道妳不會不愛我……妳不會不要我的……」薇雅的雙眼空洞，像是被惡夢般的記憶纏繞著。

怡琳抱緊薇雅，她無法再忍受薇雅這樣不定時的精神崩潰，她在心中暗自打算過一會兒就要帶她去醫院檢查。

當怡琳正在決定要去哪一間醫院的時候，她從薇雅的口中聽到了一個並不陌生的名字。

「妳不會像他一樣不要我對不對。」薇雅聲淚俱下。

怡琳攙扶著薇雅坐到沙發上，她不斷沉思，終於開口問了薇雅。

「媽，妳剛剛是不是說了我們老師的名字，妳是不是說了司廣這兩個字。」

薇雅的情緒變得更激動，她已經泣不成聲。怡琳把手放到薇雅的臉頰上，用大拇指擦去薇雅臉上的眼淚。

那天晚上，怡琳也是好不容易才安撫薇雅的情緒，但另一股莫名的情緒在自己內心產生，她搞不清楚是悲傷還是憤怒。她正開始計畫一件即將改變她人生的事情。

翌日，怡琳與艾莉見面時，她帶著一支錄音筆，對艾莉這麼說：「有一份報酬更多的工作，但是並不容易，妳願不願意做？」

怡琳睜開雙眼，她不知道自己在床上躺了多久。浴室的燈還亮著，她的腦袋昏沉，只是從床上坐起就讓她感到相當費力。

雖然她不知道自己是幾點到家的，也忘記睡著之前想要做什麼，但那天的記憶還很鮮明地停留在她腦海中。一股憤怒之意又油然而生。

怡琳猛然拿起手機，她撥打了小梅的號碼。

25

小梅一身舒適的淺藍色睡衣，她已經坐在床上準備就寢，她看著手機畫面，那是雨晴和前任老闆娘的合照，是在花店的時候翻拍的。

她凝視著相片中前任老闆娘的容顏，小梅從雨晴口中得知，前任老闆娘的名字叫作薇雅，而且她有一個和自己年齡相仿的女兒。

那天離開花店後，薇雅的長相就深深刻印在小梅的腦海中。

她終於知道自己心中那股莫名的熟悉感是從何而生，就是因為那張臉長得很像她見過數面的一個人——怡琳。

一切的答案都在小梅心中浮現。

小梅現在雖然身心俱疲，但完全感受不到睡意，此時，她手上的手機發出了聲響，是怡琳的來電。

小梅深吸了一口氣，果決地接起電話。

「幹嘛？」

「抱歉，那麼晚打給妳，妳睡了嗎？」怡琳輕聲問道。

「正要睡，怎麼了？」小梅語氣保持嚴肅。

「是嗎，我是想要跟妳說，白天的時候我在學校頂樓發現了一件事，想找妳來看看。」
「什麼事？不能在手機裡說嗎？」
小梅臆測怡琳已經開始進行某些事，這次怡琳約自己見面一定另有企圖。
「在手機裡不好說，還是希望妳到現場看看。正好現在這個時間學校一定不會有其他人。」
「好，我正好也有些事要問妳。」小梅心裡已經做好了萬全的準備，她打算與怡琳當面對峙。
「那就這麼說定了喔，一個小時後在我們學校頂樓見。」
小梅掛上手機，心中的戰鼓彷彿開始鳴奏，距離找到司廣的下落已經不遠了，她如此堅信。
小梅跳下床鋪，她把睡衣換成學校的水手服，然而為什麼要換成制服，她也想不出個所以然，只是一種直覺。她在浴室照了鏡子，眼神充滿殺氣。
小梅撥打了阿弘的號碼，但是一直沒有回應，在撥了四、五次之後便作罷了，她猜想阿弘一定是已酣睡如泥。
在握住家中大門的門把前，她看著自己的右手，她把大拇指向掌心內折，擺出了逆手刀的手勢。
小梅轉開門把，踏出家門。外面寒風刺骨，但即使穿著短裙，也不感到一絲寒冷。
小梅在路邊攔了計程車，說要到夕山高中的山腳下。
小梅知道，司廣所做的事對詩華和薇雅都造成了嚴重的傷害，甚至牽連怡琳，她為司廣感到可恥。小梅設想如果自己站在她們其中一人的立場，一定也會對司廣產生無比的恨意，想著司廣就乾脆這麼死掉算了，但她卻還是放不下想要找到司廣、把他救出來的決心，矛盾的心理衝擊著小梅。

事到如今，為什麼我還要去顧及一個傷害了這麼多人的人？

小梅看著窗外，一盞一盞的路燈從她的眼簾劃過，車框的影子深深刻在她的臉上。

只因為他是從小扶養我長大的父親嗎……？

對小梅來說，司廣或許是個不可或卻的存在，他不像是怡琳、薇雅或是詩華眼中的司廣，他是個值得自己尊敬的父親，從小扶養自己長大的父親。小梅給自己這麼一個答案。

下了車以後，小梅走過山坡，繞到夕山高中的後門，翻過圍牆闖入校園內。

夕山高中只有教學大樓的頂樓可以上去，小梅毫不猶豫地往那裡直奔，她放輕動作推開頂樓的鐵門，盡量不發出任何聲音。

一踏進頂樓，有點距離的前方是一個女人的背影，感覺正在看山下的夜景，小梅想靠近仔細查看，她以寸步前行，盡量不驚動眼前的女人。

女人穿著夕山高中的制服，白色襯衫配著灰色的長袖毛衣和A字裙，女人正緩緩回頭看向小梅。

小梅全神貫注地看著眼前的女人，女人的臉越是面向小梅，小梅的心跳就越是加速，而這使她沒注意到後方有人正以輕緩的腳步接近她，等到小梅有所察覺，對方已經從後方伸手用毛巾掩住小梅的口鼻。

小梅無法順利呼吸，她自然反應地用力吸氣，結果卻是一股刺鼻，她意識到毛巾上摻了乙醚，刺激感衝向腦部，身體漸漸無力，視覺也越來越模糊。

為了不吸入更多的乙醚，小梅暫時停止呼吸，但憋氣的狀況並不能持續太久。

小梅抓住掩著她口鼻的手想要掙脫，但卻使不上力。

眼前的女人正與小梅對視，但小梅看到的不像是怡琳，也不是穿著夕山高中的制服。女人身上是暗紅色的大外套，這張臉和在花店相片上看到的一模一樣。

小梅使勁想喚醒逐漸沉睡的身體，但眼皮卻不聽使喚地闔上，意識開始模糊不清。

26

阿弘在床上翻滾著身子，他的意識漸漸清醒，尿意逼得他不得已起身解手，他帶著昏沉的腦袋到走進廁所。

回到床上後，原本想從放在床邊的手機確認時間，卻看到好幾通小梅的未接來電和一封簡訊，時間已經是一個小時以前，簡訊的內容如下。

「有事找你，來夕山高中的頂樓。」

阿弘馬上回撥了小梅的號碼，雖然有打通，但始終沒有回應。

阿弘跳下床鋪，他帶著睡意穿上羽絨製的外套，隨意整理儀容後匆忙出門。因為夕山高中的頂樓只有一棟可以上去，他便馬上知道目的地。

小梅開始感受到自己的呼吸，她用力抽動四肢卻無法順利動彈，待視覺恢復後，她看到自己的雙手和雙腳都被繩子綑綁住。

她的腦袋依然帶著昏沉，雙眼有些濕潤，一滴淚水直落到她的大腿上。她抬頭看著右前方，一名穿著夕山高中制服的女生站在教室外的走廊，並拖著腮靠在後門旁的窗框上。

女生站在外面的走廊，她用手指彈著自己的臉頰，一派泰然自若，不出意料，那個女生是怡琳。

小梅坐在教室的正中央，教室內的課桌椅全被凌亂地堆在後方，四處堆放著畫架和無數美工用具，這裡應該是某間美工用教室。

她身後圍繞著約十名左右的男生，各個凶神惡煞，衣著邋遢，全身黑色系的裝扮，有的甚至還穿著夕山高中的襯衫。他們虎視眈眈地瞪著小梅。

「妳醒啦。」怡琳笑著說道：「欸，你去幫她把腳上的繩子解開。」怡琳指使小梅身旁戴著圓眼鏡的黑衣男子。

黑衣男闊步走向小梅，他解開了小梅腳上的繩子。

小梅狠瞪著怡琳，同時悔恨自己一時大意導致身陷危險之中，但就算如此，她的氣勢還是不輸人。

「妳到底想幹嘛？」小梅站起身走到怡琳面前，中間隔著教室的窗框。

怡琳有如發瘋似地哈哈大笑，她彎起身子把臉湊向小梅看著她的表情，「看妳的樣子，妳好像對現在的狀況不感到意外喔。」怡琳像是變了一個人似的。

「廢話，妳的行為根本破綻百出，我早就看出來妳在計劃什麼了，白癡！」小梅瞪大雙眸。

「既然妳都看出來了，怎麼還會被我抓到這裡，妳才是白癡吧。」怡琳用詭異的笑容看著小梅，她沿著走廊向前門漫步，邊走邊說，小梅也跟著怡琳的步伐，兩人隔著窗框互相對峙。

外面突然下起大雨，雨滴重重打落的聲音使小梅心情難以平靜。

「少廢話，快把我爸交出來！」小梅提高音量，試圖蓋過雨聲以及壓制怡琳的氣勢。

「妳那麼想見到那個廢物啊。」怡琳雀步轉向小梅，她把食指放到下唇，擺出俏皮的樣子，「姊姊！」

小梅也跟著停下腳步，她沉默不語。在這種時候第一次被自己同父異母的妹妹叫出姊姊，心中百感交集。

怡琳繼續說道：「妳不知道我從小和我媽過著多辛苦的日子，從以前她就不定時會精神崩潰，而到了一年半前狀況更是加倍嚴重，每天每天，讓我越看越難過。我根本不知道該怎麼辦，正當我打算帶她去醫院的時候，我終於知道她為什麼會變成這樣，也終於知道為什麼我會沒有爸爸。」雖然怡琳正訴說著自己從小到大的痛苦記憶，但臉上卻是喜悅的表情，這讓小梅感到萬分詭異。「我媽會變成這樣就是因為她在我的高中錄取通知上看到那個名字，那個曾經傷透我媽的男人的名字。我媽總是對我說著不要丟下她不管，不要像那個男人一樣不要她。怎麼樣，很可憐對吧。」

怡琳又沿著走廊邁開步伐，小梅再度跟上。

「我媽跟我說啊，那個傢伙跟妳媽離婚後，他答應我媽會回來照顧她，把一切都說得很好聽，結果誰知道我媽一跟他說她懷孕的時候，他態度開始轉變，說自己沒辦法再照顧一個孩子，之後就避不見面，丟下了我媽，還有當時還在我媽肚子裡的我。很壞吧！很壞對吧！」怡琳發出了令人寒毛直豎的笑聲，她現在的樣子只能用古靈精怪來形容。

「跟我說這些也沒用，已經發生的事也沒有辦法再改變，少廢話一大堆了！」小梅緊握拳頭，她很想一拳往怡琳臉上揮下去，但她知道只要一輕舉妄動，後面的人群就會對自己不利。

怡琳咂了一聲舌，「我只是想讓妳知道妳爸有多麼噁心而已。」

小梅重重吐了一口氣，她以嚴肅的口氣說道。

「既然如此，妳想要復仇的對象只有我爸和我，何必干涉到念庭和艾莉的生活。」

「喂喂喂，這也要怪妳吧，誰叫妳要找上念庭幫忙，看在我的立場她當然會妨礙我的計畫，我只是讓她不要再跟妳有聯絡，給她點小小的警告而已。」怡琳講到「小小的警告」時，語氣上揚。

但小梅知道，怡琳一定是用了什麼惡劣的手段威脅念庭。小梅咬緊牙根，她對怡琳感到不齒。

怡琳接著說道：「至於艾莉，我可沒有逼她做任何事喔，只要跟她說有很多錢，她任何事都會答應我喔。」

「我讓她去誘惑妳爸那個老色鬼，一看到青春的肉體就控制不住下半身，真的是死性不改呢，過了十幾年還是一樣，這也是要怪妳爸自己。」怡琳的語氣像是在取笑司廣，「我要艾莉把她和妳爸發生關係的過程全程錄下來，之後寄了備份檔案給妳爸，就可以威脅他做任何事，或是把這段錄音公開出去讓他身敗名裂，完全隨我高興，沒想到你爸竟然向學校請假去找律師幫忙，真的快笑死我了，於是我趁他請假期間綁架他，這樣大家對他一直沒來學校也不會有疑惑。怎麼樣？我的計畫很完美吧。」怡琳的笑容陰險，像是被惡魔附身了一樣。

「那妳說，艾莉為什麼要自殺？」

「喔，哈哈哈，艾莉才不是自殺，是我把她殺掉的，我從頂樓把她推下去，當然是因為她沒有利用價值了啊，沒有利用價值的人解決掉就好了。」怡琳露出自滿的表情，又發出哼哼的笑聲。

「少胡說八道，艾莉的確是自殺的。自從妳唆使她去援交後，她一直把妳當作是賺錢的夥伴甚至是朋友看待，沒想到妳只是在利用她，她知道真相後無法接受事實，最後選擇跳樓尋短。我說的沒錯吧，她的存在可以讓妳賺更多錢，妳根本沒有任何理由要殺她。」

怡琳發出驚訝地感嘆，她對著小梅鼓掌，「哇，是這樣喔？妳怎麼那麼清楚啊？哈哈，不過我才不管那麼多呢。」

「閉嘴，像你們這種讀破學校的低智商笨蛋別想在我面前耍花樣。」

「唉唷，說話真難聽。」怡琳嘟起嘴，擺出厭惡的表情。她已經走到前門旁邊的窗戶了，她停下腳步，全身轉向小梅，「不過沒關係，反正妳現在已經在我手上了。」

小梅也跟著停下腳步，怡琳又開口說道。

「像妳這樣的姿色，價位應該可以比那個笨女孩再高個五、六千吧，這會是個讓妳有高收入的好機會喔，順便讓妳嚐嚐我們是過著怎麼樣的生活。」怡琳的兩隻手肘靠住窗框，她雙手托腮看著小梅。

「妳這樣只是在糟蹋人生而已！讓憤怒充滿自己的生活一點好處都沒有！妳只是個逃避現實的廢物！」雖然此話從小梅口中說出，但她語氣越來越重，臉部開始漲紅，似乎被怡琳輕挑的態度激怒。

「逃避現實又怎樣，反正我的人生早就已經毀了。這是我的選擇，要怎麼活不用妳管。」

怡琳看著小梅被綑綁住的雙手，以輕蔑的口氣說道：「妳看看妳，連自己都保護不好了，還想要保護家人啊。」

小梅沉默不語，血液正在她體內急速竄流，她下意識把拳頭握得更緊。

怡琳的身體離開窗框，她舉起雙手伸了懶腰，隨後沿著走廊離開，她消失在小梅的視線中。

「姊妹的閒話家常結束了吧，現在該來陪我們玩玩囉。」聲音從小梅身後傳出。

小梅停留在原地寂然不動，後方又傳來一聲怒吼。

「喂！」

小梅聽到金屬的摩擦聲，原本靠在黑板上的金髮男朝她背後衝了過來。

27

阿弘咬著肉包在無人的街道上奔跑，他使盡全身的力氣衝刺，為的就是盡早抵達夕山高中的頂樓。

阿弘穿越山坡，繞過後門翻牆進入了校園，他直奔頂樓，不間斷爬了好幾階的階梯，即使呼吸變得急促他也不願停下腳步。到了頂樓，眼前不見小梅身影，卻有著一股令他熟悉的味道。他在原地停留了半晌，嗅了嗅鼻子。

他依循著味道衝下頂樓，不知道下了幾層階梯，他在某一層樓停下腳步，沿著走廊前往這股味道的方向。

跑了一小段路，眼前出現一個女生的身影。

小梅。阿弘原本想高喊小梅的名字，卻把話吞了回去。他馬上看出這身影並不是小梅，他放慢腳步，眼前的女生也向他靠近，陰影擋住了女生的容顏，只看得出她身上的學校制服。

隨著女生的腳步，她的容顏在月光下漸漸清晰，女生開口說道。

「哎呀，忘記還有你了。」

阿弘直視著女生的雙眸，吞下了手上最後一口肉包。

小梅轉過身順勢彎下膝蓋，以腰部帶動上半身閃過金髮男的拳頭，小梅以雙手拳頭回擊金髮男的臉頰，又以膝蓋撞擊他的腹部，使他重心不穩向後跌坐，還沒坐到地上時，背部又撞到一旁的書櫃，他發出撕心裂肺的喊叫聲。

周圍開始騷動，不良少年們紛紛發出驚嘆，小梅的身手不但沒有讓他們產生畏懼，反而還增添了他們的士氣。小梅聽到不知道是誰吹出的口哨聲。

剛剛的出拳讓小梅的手腕與繩子產生強烈的摩擦，手腕出現些微破皮。她心中的怒火已完全燃起，此時一心只想解決眼前的所有人，痛快地打上一架。

小梅緩緩移動腳步離開牆邊，眼前披著夕山高中襯衫的男生拿起放在旁邊的木鋸朝她揮來，一旁的其他人也蓄勢待發。小梅視線聚焦在揮舞過來的木鋸上，她屏氣凝神，接下來的舉動不能有任何一點失誤。

她伸出被捆綁住的雙手，用力撐開繩子讓雙手間留有空隙，木鋸揮過來的瞬間，小梅彷彿聽得到自己劇烈的心跳聲。

木鋸的鋸刃穿過雙手間的空隙，鋸刃卡在繩子的纖維內，小梅擺出弓步側身，奮力順著鋸刃的方向使力，木鋸被甩到後方，手上的繩子也鬆了一半，小梅正踢對方的腹部使對方向後傾倒，跌進後方凌亂的課桌椅堆中。上方的椅子垮了下來，打落在對方的頭部。

小梅微微欠身並以手肘用力撞擊自己的腹部，同時用力拉扯手腕上的繩子，隨後，手上的繩子被扯了開來。這時，教室內的所有人通通衝向小梅，他們高聲吼叫著。

先衝向小梅的是頭髮染成綠色的瘦弱男子，綠髮男拿著木棍，才在小梅面前舉起，就被小梅扣住脖子，小梅使力將綠髮男的脖子用力向下扳，綠髮男摔倒在地，小梅搶過他手上的木棍，隨即擋下另一個高大男子揮過來的鐵製畫架。
木棍和鐵製畫架相互撞擊，響亮清脆的撞擊聲伴隨著木頭的斷裂聲。小梅以即將斷裂的木棍抵住朝她使力的鐵製畫架。小梅向前移動步伐，在木棍斷裂之時，小梅轉身迴旋踢，水手服的短裙順風揚起，男子的鼻樑上出現深深的鞋印。小梅重新站穩腳步，短裙再度飄了起來，她又踢了高大男子的臉一次，慘叫聲傳向四周。
小梅向右方望去，戴著圓眼鏡的黑衣男在他面前舉著素描用的石膏像，對方靜止不動，雙眼呆滯又通紅著雙頰。小梅的臉也瞬間漲紅，她高舉右手，使勁甩了戴著圓眼鏡的黑衣男一個巴掌，圓眼鏡男隨著清脆的巴掌聲倒臥在地。
長髮男拿著一罐油漆桶往小梅身上潑，小梅隨即拿起地上的畫板擋住噴發過來的顏料，但鞋子還是被濺到不少，黑皮鞋一半被染成了紅色。小梅把手上的畫板往長髮男身上丟，長髮男用手臂擋住畫板。當小梅往長髮男的方向衝過去時，一個拿著畫框的肥胖男子朝小梅衝過來，小梅彎腰閃過畫框到了長髮男面前抬起手肘向上撞擊長髮男的下巴，小梅聽見長髮男的兩排牙齒發出撞擊聲，一顆牙齒摻雜著血液掉落到地上。她接著甩出手刀擊倒長髮男。
小梅調整呼吸，這是她練武以來第一次將武術運用在實戰上。眼前還有不少人正伺機而動。
沒想到以色列格鬥術會在這種時候用上——
只不過才喘了口氣，小梅背部就感受到強烈的撞擊，剛剛的金髮男從後方使力撞擊，小梅踉蹌，為了將傷害降到最低，她收起下顎，以護身倒法在地上翻滾了兩圈，但背部還是感到些微疼痛，且產生了一陣耳鳴，小梅緊皺著眉頭。
身體還沒完全平衡，眼前的男子已舉起木椅朝她臉上揮了過來。在木椅揮下來之前，小梅迅速回神，單手抓住對方的腳踝，跟著自己起身的幅度拉起，對方腳步重心不穩而往後倒，木椅在後方裂成兩半。小梅拉住他的腳踝，往男性最脆弱的部位重踩，對方叫得聲嘶力竭，褲子中間還留下紅色的鞋印。

小梅回頭跨出一大步，以手刀對準金髮男的側頸，手刀劃過空氣，小梅的髮尾飛起，金髮男嘶吼一聲頓時倒地。

肥胖男又拿著畫框從小梅左側衝刺過來，小梅與肥胖男正眼相對，兩人對衝，小梅躍起腳步，在空中側身拉起弓姿，即將落地時，她扭動腰部帶動上半身，將力量全部灌注在拳面，往對方側臉奮力一擊。

小梅拳頭的速度快到來不及閃避，肥胖男表情扭曲，口水中帶著鮮血吐到旁邊的地上。他被畫框套住自己的身體，小梅又以一記迴旋踢將他擊倒在地。

濃眉男在小梅面前原地踱步，看得出來已經心生畏懼，小梅帶著挑釁漫步靠近他。濃眉男拿起地上的板擦往小梅身上丟，小梅以拳背將飛過來的板擦擊開。

濃眉男全身僵硬，小梅舉起拳頭，用中指的關節往濃眉男的太陽穴重擊下去使他陷入昏迷。

小梅站在教室中央，身邊全是倒地不起的不良少年。只有一個男人從剛剛就一直蹲在黑板前面。

男人從容起身，他的身材精壯，身上穿著繡著青龍的黑色外套，雙眼圍繞著重重的黑眼圈。

男人緩緩靠近小梅，對視的過程中，小梅感受到眼前的男人散發出與其他不良少年不同的氣息。

男人面無表情，小梅先以正踢攻擊男人，男人迎擊以手臂擋下又迅速迴旋踢回擊，兩人各自退了一個腳步保持了距離。

小梅重新穩住步伐，擺出空手道對打的架式，她深呼吸，觀察著對方的動作。

男人也擺出了相同的架式，小梅因此更集中精神狠瞪著對方，完全忘記剛剛才一次和好幾個人打過一架，感受不到任何疲累。

男人又以正拳直衝小梅，小梅順勢撥開也以正拳回擊，男人將小梅的拳頭擋下，雙方在原地僵持，不停用拳頭或是抬腿試探對方。

男人依然面無表情，又一記正拳直衝小梅，小梅再度擋下，男人接著迴轉一圈，手臂順著旋轉的力道往小梅頭部揮過去，小梅彎下身閃避，趁著男人還來不及站穩，她用左手手臂抵住男人的喉嚨，隨後用右手手肘往男人的下顎肘擊，下一秒又反手扣住男人的後頸讓他彎下腰部，小梅站到男人的側邊，以膝蓋撞擊男人的腹部。

男人發出了聲音，似乎是在忍耐著疼痛。小梅連續膝擊。

小梅被男人奮力推開，兩人又因此拉開距離。這次小梅主動衝向男人，以中貫手攻擊男人雙眼，但男人躍步避開，隨後手刀瞄準小梅的頸部，小梅瞬間轉身繞到男人的身後，男人視線來不及跟上小梅的動作，始終面無表情的他頓時瞪大雙眼。小梅的長髮跟著她的動作飛起，她從後方架住男人的脖子將他向後拖行，男人的雙手抓住小梅的手臂，使盡全身的力氣卻無法將小梅的手扳開，自己的喉嚨如同被鎖住一般。

走了好幾步，男人才轉身扭腰甩開小梅，男人重新站穩，以側踢上對準小梅臉部，小梅也跟著側身，正手刀攻擊男人後頸，在男人踉蹌之時，她又以肘擊朝男人背部使力敲下，完全不給予他任何反擊機會。

男人差點跌坐在地，小梅趁此機會迅速靠近，只要擊中對方要害就可以順利將他打倒，然後去找一定還走不遠的怡琳。

正當小梅這麼想時，男人從外套內袋抽出一把利刃，小梅停下腳步不敢輕舉妄動。

男人穩住身體，回頭面對小梅，她用短刀指著小梅。

小梅對於男人的舉動感到蔑視，她冷冷地笑了一聲。

男人以短刀往小梅臉部連續突刺，小梅輕輕扭動身體閃避。男人接著高舉拿著短刀的那隻手，猛力往小梅身上揮，小梅看準男人的動作，抓住朝她揮來的手腕，隨後肘擊男人的下顎，男人順著小梅的力道選轉一圈，順勢再將短刀揮向小梅，小梅蹲姿閃避，用雙手扣住男人的手腕，男人刀鋒對著小梅，奮力往前推進，小梅扭動腰部將男人往側邊一甩，同時肘擊男人的肩頰骨，又以正手刀攻擊他的後頸。

在男人腳步不穩時，小梅踢開男人手上的短刀，短刀撞擊遠處的牆壁在遠方發出清脆的聲響。小梅趁機抓住男人的手，踏穩步伐，將男人過肩摔，男人背部強烈撞擊到地面，他躺在地上面部猙獰。

小梅看著男人，她拉開手臂，中貫手直衝男人的喉結。

男人哀號了一聲後失去意識。

此時，當小梅以為她已解決了所有人時，後方傳來些微動靜，小梅回頭，圓眼鏡男正舉起石膏像要往小梅身上砸過來，小梅迅速躍步到圓眼鏡男面前，逆手刀正中圓眼鏡男的太陽穴，圓眼鏡男又再次倒臥在地，石膏像在他後面碎成好幾塊。

小梅環顧四周，狼藉一片。她吐了一口氣，空氣中冒出乳白色的煙。

才走向前門準備離開，就看到阿弘以架著犯人的方式將怡琳推進教室內，小梅和怡琳四目相瞪，怡琳的眼眶正泛著淚水。

阿弘看到眼前的景象，好幾個人倒臥在地，四處凌亂不堪。他視線轉向小梅露出驚喜的表情，不由得對小梅產生敬佩。

小梅的額頭和臉頰都帶著些許汗珠，她喘著氣。

「該帶我去見我爸了吧。」小梅對怡琳說道。

怡琳面紅耳赤，她努力掙脫卻被阿弘緊緊抓住。

「不公平……明明就是同一個男人生的，為什麼卻過著不一樣的人生……憑什麼妳可以安穩生活，我就要活得那麼辛苦……」怡琳說話伴隨著哭腔。

「現在跟我說這些也沒用，少廢話。」小梅漫步靠近怡琳。

「我……」怡琳吼道，淚水從她的臉頰劃過。

「沒必要再說謊下去，綁架我爸的不是妳。」小梅瞪著怡琳，語氣嚴肅，「是妳母親薇雅，對吧，不用再包庇她了。」

怡琳露出詫異的表情，小梅繼續說道。

「妳想想，一般人想綁架某個人的話通常會想把人監禁在哪裡。八成是自己的住處，對吧。如果真的是妳綁架了我爸……」小梅在此停頓了一下，「不……現在應該用爸爸來稱呼了吧。如果真的是妳綁架了爸爸，那我們相遇的那天妳不可能會讓我們送妳回家，想必妳那時候一定也不知道爸爸在哪裡。而之後的某天，妳才知道爸爸是被藏在自己家中，沒錯吧。妳打從一開始就沒有要綁架他的打算，只是想以錄音事件藉此教訓他，再刻意接近我，想找機會向我們報復，藉此消除妳心中的仇恨與不甘心，妳的目的僅此而已。」

「才不是……才不是這樣……」怡琳越哭越激烈。

小梅不予理會，提高音量繼續說道。

「妳心想既然爸爸已經被綁架到自己家中了，乾脆順水推舟，當作是自己綁架了他，並且下定決心，不管如何一定要保護自己的母親，不能讓任何人發現。」

雨勢漸小，小梅說話的聲音越來越清晰，怡琳想摀住自己的耳朵，但雙手卻被阿弘抓著，她雙腿無力地跪坐到地上。

「妳所做的一舉一動只會讓自己顯得多麼愚蠢！」小梅大聲喝斥。

28

薇雅轉進巷子，神情慌忙，路燈照著地面形成一個個小圓圈，她穿越過地上的這些小圓圈，四處張望，像是在找著什麼東西，路燈的光直硬硬地刻在她的臉上，細紋顯得更加明顯。

薇雅走到自家門前，拿出鑰匙對準鎖孔。

半夜的時候，半夢半醒的薇雅感覺到家中有著些許動靜，她下床查探，發現怡琳正走出家中大門，眼前的景象使薇雅情緒開始不穩，她杵在原地了一陣子不知該如何是好，她擔心怡琳就此一去不回，深怕自己的女兒離開她的身邊。

薇雅決定出門把怡琳找回來，她匆忙出門，但她一走出家門時，眼前的巷子內卻完全不見怡琳的身影，她開始在自家附近徘徊，持續了好一陣子。

薇雅回到家中，客廳的燈開了一半，但卻還是不怎麼明亮。

她不記得出門前有把電燈打開過，正當她打算把燈關起來時，她注意到眼前隱約有個人影，薇雅揉了雙眼，確認了眼前的人後她的雙手開始顫抖，啼號的聲音從喉嚨發出。

怡琳直立站在客廳中央，但雙手被繩子綑綁，嘴巴也被膠帶封住，眼淚不停流過臉頰。

薇雅邁步靠近怡琳，但從廚房傳來的腳步聲讓她停下腳步。

小梅和阿弘從旁邊的廚房走了出來，小梅舉起手上的水果刀架住怡林的脖子，薇雅發出叫聲，卻叫得有氣無力。

「不要……不要碰我女兒……」薇雅在原地不停踱步，面色惶恐。

「把妳們家三樓倉庫的鑰匙交出來。」小梅氣勢凌人地說道。

「好……好……鑰匙在我這……不要碰我女兒……我帶你們上去。」

薇雅從外套的口袋拿出鑰匙，小梅便放下架在怡琳脖子上的水果刀。

薇雅穿過客廳走上階梯，小梅也跟在後頭，阿弘也抓住怡琳跟著上樓。

到了三樓，薇雅一打開門，小梅便立刻衝了進去，阿弘也緊跟在後。

小梅的淚水從眼眶湧出。司廣四肢被綑綁趴在倉庫中央，身上的衣服殘破不堪，臉上還有好幾道傷痕，全身瘦了一圈，感覺突然老了好幾歲。他的身邊還遍佈著紅色的玫瑰花及花瓣。

司廣使力抬頭，雖然只是簡單的動作，他卻做得相當吃力。司廣與小梅對視。

「小梅……」司廣有氣無力喊道，且因為嘴巴被膠帶封住，聲音變得很模糊。

「爸……」小梅的聲音哽咽。

小梅丟下手上的水果刀衝向司廣，臉上表露的心情不知道是喜還是悲，或許各占一半。她在司廣旁邊蹲了下來。

薇雅在後方看著一切，她的胸口湧起一股被灼燒般的炙熱。

在義大利餐廳的那天，薇雅在司廣的紅茶中摻雜了氟甲硝安定，氟甲硝安定又稱

FM2，是種強性的鎮定劑或是安眠藥，同時也是三級管制藥品，作用為普通安眠藥的十倍，醒來後還會伴隨宿醉感及部分記憶喪失。

等到司廣完全昏迷後，她向服務生取消了餐點，請計程車司機協助她一起將司廣扶上車。薇雅向計程車司機解釋司廣是超時工作太累，因為血糖過低導致他在下班後不久暈倒，計程車司機聽了後半信半疑，但還是協助薇雅並將他們順利載回薇雅家中。

薇雅將司廣監禁在她家中三樓的倉庫並綑綁住他的四肢。那天開始，薇雅每天都親自餵食司廣，還常常拿來一大束紅色玫瑰。

「這些都是要送你的喔。」薇雅將玫瑰花瓣一片片撥下，「你看，花瓣上的紅色都是我的血喔，內心受傷而流出來的新鮮的血喔。」

而薇雅不定時還會用帶刺的玫瑰花朝司廣一陣毒打，司廣總是奮力掙扎，卻因為手腳被綁住而無能為力。

某天清晨，薇雅發現司廣正在用手機通話，她不知道司廣是如何將手機放到自己面前的。薇雅迅速衝向前關掉他的手機，隨後將電池拔出帶回自己的房間藏匿在某處。

時間過得越久，薇雅對司廣的暴行就更加殘酷，但相對地平時精神崩潰的頻率也漸漸減少。

阿弘也跟著衝到了司廣旁邊，他一腳一腳地踢開散落在司廣身旁的玫瑰。

小梅撫著司廣的臉，她撕開了封住司廣嘴巴的膠帶，心中悲傷難耐。阿弘看在眼裡，心情也跟著沉重。

薇雅也在後方匆忙撕開怡琳嘴上的膠帶，並解開她手腕上的繩子，她們兩個也開始啜泣，倉庫內陷入一陣哀戚。

解開了怡琳手腕上的繩子後，薇雅走到一旁的櫃子開始翻箱倒櫃。怡琳不知道她正找著什麼。

「小梅……」司廣用力擠出聲音想喊出小梅的名字。

「好了……你先不要說話，我馬上帶你離開這裡……」小梅聲淚俱下，眼神卻表露著想要保護司廣的堅定。

小梅的手伸向綁住司廣雙手的繩子，不知道是因為受到心情影響而無法集中精神還是繩子的結法本來就很複雜，小梅一陣慌亂，撥弄著繩子，卻怎麼樣也解不開。

阿弘跑到司廣腳邊，也試著解開司廣腳踝上的繩子。

小梅凝視著繩結努力分析結法，這時，一聲巨響傳入耳邊。

司廣的呼吸越來越薄弱，小梅看向薇雅的方向。

薇雅正舉著手槍對著司廣的頭部，她雙手顫抖，面部驚愕失色，槍口冒出了硝煙。

鮮血緩緩地從司廣頭部流出，小梅陷入木然。

「爸……」小梅輕聲喊著，她輕搖司廣的身體，但司廣沒有絲毫反應。

「你醒醒啊……爸……你醒醒……」小梅不斷喊道。

阿弘衝向薇雅，試圖奪下她手上的槍。

兩人握著槍不停拉扯，雙方互不相讓，薇雅又不小心扣下扳機。

阿弘放下雙手停止拉扯，瞪大著眼睛看著薇雅，他退後了兩到三步，隨後跌坐在地，側腹部的衣服漸漸浮現出鮮豔的紅色。

小梅望向阿弘，她緩緩起身。阿弘正使盡全身的力氣呼吸，他按住自己的側腹部，額頭和臉頰都冒出冷汗。

小梅走到阿弘身旁，她瞥向薇雅，眼神散發著恨意。薇雅無力地靠在牆上，握著槍的雙手仍在不停顫抖。

「媽……夠了……」怡琳抱住薇雅，兩人也跌坐到了地上。怡琳涕淚交流，薇雅已雙眼失神。

「走了，妳爸是不會醒了。」阿弘的氣音傳到小梅耳邊。

小梅回頭看了司廣，司廣趴在地上一動也不動，半邊臉浸在鮮紅的血液之中。

「快走……」阿弘又再一次以剩下的力氣說道。

小梅將阿弘的手勾到自己肩上，一把拉起阿弘走出倉庫，在踏出倉庫時，小梅又回頭看了司廣一眼。

小梅……。司廣的聲音還在小梅耳邊繚繞。小梅扶著阿弘走下樓梯，一行行淚水從眼眶流下。

一走出怡琳家，滂沱大雨猛然而下。阿弘腹部滴出的血液在地上的雨水中擴散開。吵雜的雨聲中，一聲槍響又從怡琳家的三樓傳出。

怡琳抬起頭看著薇雅，薇雅手上的槍口對著她自己的太陽穴，腦漿從頭部的另一邊四溢。怡琳鬆開抱住薇雅的雙手，面部驚愕。

薇雅倒臥在地，槍枝跟著撞擊地面。

「媽……」怡琳大聲喊道。

薇雅的雙眼還睜開著，但卻沒有任何氣息。

怡琳的淚水頓時不再流下，內心的情感也不知被吞噬到何處，她感受不到任何一分真實感。

怡琳奮力起身，她拿起地上的槍衝出倉庫一路奔向自家門口。走出家門後，眼前的小梅和阿弘正朝著巷子外走出。

怡琳舉起槍對準背對自己的小梅，哀戚眼神裡藏著沒齒的恨意。

舉著槍的雙手發出顫抖，她根本沒辦法好好瞄準。

半晌，她緩緩放下手槍，隨後一舉跪坐在地，膝蓋因撞擊地面而隱隱作痛，但遠比不上來自心頭的痛苦，她猶如吞下鉛塊，內心沉重，胸口沉悶使她呼吸困難，她放聲仰天大哭，隨後又泣不成聲。

小梅感受到腳步越來越沉重，阿弘已失去意識，下一秒就在她身邊倒下。

「喂……」小梅拍著阿弘的臉頰，「你不要在這時候開玩笑好不好……」

小梅跪在地上，眼前的阿弘已沒有任何氣息。滴落在阿弘臉上的分不清是雨水還是小梅的淚水。

連自己都保護不好了，還想要保護家人啊。怡琳的話又在小梅耳中打轉，腦海中浮現的是司廣的容顏。

月亮逐漸西沉，驟雨之中，眼前的是一片如同血色般的黎明。

29

兩名個子高大的警察出現在夕山高中的學務處。隨著此次的事件，艾莉的墜樓案又開始重新調查。

前陣子艾莉的墜樓案之所以以自殺結案，是因為警方在確認艾莉確實為自殺後嗅到了艾莉從事援交的消息，校方為了顧及校譽拜託警方壓下消息，警方在無奈之下，且缺乏足夠的證據，只好姑且以自殺結案。

而此次的命案又讓整起事件浮上檯面，試圖買通警方又隱藏事實的校務人員都被革職處分。怡琳背後的人脈也開始遭到調查，一名年約四十多歲的消瘦男子被列為重要嫌疑人。

怡琳坐在學務處一隅的沙發上，眼神呆滯，她從事件發生後就沒有再開口說話過，警方因此感到懊惱。

怡琳看著窗外，此時的她心中沒有任何情緒，不帶有一絲憤怒，也沒有一絲悲傷。她開始不明白為何人們總是要互相傷害。這世上本來就充斥著許多不公平，又因為這些不公的存在人們才會產生慾望，心中的慾望驅使著人們內心的黑暗面，如同艾莉所說的，人類的世界充滿著傲慢、暴食、憤怒、貪婪、色慾、忌妒還有怠惰。為了滿足心中的慾望，人們不斷傷害彼此，每天都發生著同樣的事。

當時的自己因為生活狀況的不滿，因而對司廣產生仇恨，仔細一想，為何當初會產生如此恨意，她無法再回想起那種感覺，如今已孤身一人，家人、金錢、朋友，任何事都已沒有意義。

想起來還真是可笑，既然艾莉早已看透人心的黑暗，卻還是傻傻的被自己騙去援交。啊，不對，話也不能這麼說，她也只是想滿足自己的慾望而已。但是……她是真的想要一個朋友嗎？知道我在利用她時，有真的難過到要自殺嗎？

唉，最後受到傷害的反而是自己，真是諷刺。算了，一直想著這些也沒有用，該失去的都失去了，不該得到的也永遠不會得到。

人打從出生開始就是不公平的，不是嗎。

怡琳的雙眼空洞。

「先讓她休息一下再說吧。」其中一名警察對著另一名警察說。

終章

六個月後，隨著夏季的到來，太陽無情地直射柏油路面，雖然空氣熾熱，但偶爾吹來的西南風還是使人心曠神怡。

刺耳的蟬鳴不斷傳入耳中，小梅站在道場中央，面對她的是教練德興，兩人都整齊地穿著空手道道服。

「小梅啊，認識了這麼久，怎麼突然說要離開呢？」德興問道。

「因為……」

小梅看著自己的掌心，她把大拇指收起，併攏著其他四指，這是逆手刀的手勢。

五隻手指之中，大拇指可說是最重要的一指，不管是拿東西、寫字等許多事情都不可或缺，地位如同父親一般。然而，逆手刀卻是將大拇指收起，以食指根部至虎口的部位攻擊對手的太陽穴、喉嚨、肋骨等要害。小梅豁然體認到，就算少了父親司廣的存在，自己也必須像其他四指一樣直挺挺的活下去。

「我保護不了我想保護的人。」

德興知道小梅口中所說的「想保護的人」，為了不再觸碰小梅的痛處，他只哼地笑了一聲並不再多提，這也讓他想起小梅想學習空手道的初衷。

無法履行自己曾許下的諾言，於是對自己負起責任選擇退出，這的確很像小梅的個性。德興的面容滿是可惜與不捨。小梅又對著德興說道。

「喂，都最後了，來跟我打一下吧。」

德興笑了一聲，「妳說認真的嗎？再怎麼說我也是教了妳十二年多的教練欸。」他又是驚喜又是錯愕。

「那又怎樣？」小梅的傲氣令德興又愛又恨。

「好吧，不得不說妳真的很有膽識，但比起我，我知道一個更適合的對手。」

小梅面容表現的疑惑，德興又繼續說道。

「他應該快到了，妳在這等他一下吧。」

什麼啊？正當小梅想這麼開口時，道場的大門被推開，走進來的是同樣也穿著道服，繫著黑帶的男生。

「哈哈，好久不見啊！」阿弘的視線輪流看著德興和小梅。

小梅挑起一邊的眉毛，嘴角上揚。

「阿弘，站過來這裡吧。」德興讓出了自己站的位子，取而代之的是阿弘。阿弘對小梅比著勝利的手勢。

「你穿成這樣幹嘛？」小梅打量著阿弘的全身，道服整齊地穿在他身上。印象還停留在衣著邋遢的阿弘使小梅有些不習慣。

「因為……我想要保護我想保護的人。」比起平常態度輕浮的阿弘，在說出這句話時稍顯正經。

小梅「呿」了一聲，但臉上是真誠的笑容，德興也在一旁笑了出聲。

「先打贏我再說啦。」
「打贏妳的話，請十個肉包喔。」阿弘笑著說道。
小梅沒有表示答應或拒絕，她紮起馬尾，後退了兩步與阿弘保持距離。
「喂，半年前的那天，你怎麼知道我在那裡？」小梅邊紮著馬尾邊對阿弘說道。
「那天……」阿弘用眼神調侃著小梅，「妳有吃咖哩對吧。」
小梅聽到後臉頰又漲紅了起來，她狠瞪著阿弘，而阿弘只是露齒而笑地看著小梅。
小梅拉緊腰上的黑帶，她起步衝向阿弘，舉起手臂的同時收起了大拇指。
逆手刀劃過空氣，阿弘能感覺到耳邊揚起一陣強風。

（全文完）

釀冒險23　PG1941

逆手刀

作　　者　胡仲凱
責任編輯　辛秉學
封面繪圖　黃培軒
圖文排版　詹羽彤
封面設計　楊廣榕

出版策劃　釀出版
製作發行　秀威資訊科技股份有限公司
114 台北市內湖區瑞光路76巷65號1樓
電話：+886-2-2796-3638　傳真：+886-2-2796-1377
服務信箱：service@showwe.com.tw
http://www.showwe.com.tw
郵政劃撥　19563868　戶名：秀威資訊科技股份有限公司
展售門市　國家書店【松江門市】
104 台北市中山區松江路209號1樓
電話：+886-2-2518-0207　傳真：+886-2-2518-0778
網路訂購　秀威網路書店：https://store.showwe.tw
國家網路書店：https://www.govbooks.com.tw
法律顧問　毛國樑　律師
總 經 銷　聯合發行股份有限公司
231新北市新店區寶橋路235巷6弄6號4F
電話：+886-2-2917-8022　傳真：+886-2-2915-6275

出版日期　2018年3月　BOD一版
定　　價　260元

Printed in Taiwan

國家圖書館出版品預行編目

逆手刀 / 胡仲凱著. -- 一版. -- 臺北市 : 釀出版, 2018.03

面； 公分 -- (釀冒險 ; 23)

BOD版

ISBN 978-986-445-250-7(平裝)

857.7 107002864

讀者回函卡

感謝您購買本書，為提升服務品質，請填妥以下資料，將讀者回函卡直接寄回或傳真本公司，收到您的寶貴意見後，我們會收藏記錄及檢討，謝謝！

如您需要了解本公司最新出版書目、購書優惠或企劃活動，歡迎您上網查詢或下載相關資料：http:// www.showwe.com.tw

您購買的書名：________________________________

出生日期：________年________月________日

學歷：□高中（含）以下　□大專　□研究所（含）以上

職業：□製造業　□金融業　□資訊業　□軍警　□傳播業　□自由業

□服務業　□公務員　□教職　□學生　□家管　□其它______

購書地點：□網路書店　□實體書店　□書展　□郵購　□贈閱　□其他

您從何得知本書的消息？

□網路書店　□實體書店　□網路搜尋　□電子報　□書訊　□雜誌

□傳播媒體　□親友推薦　□網站推薦　□部落格　□其他__________

您對本書的評價：（請填代號　1.非常滿意　2.滿意　3.尚可　4.再改進）

封面設計____　版面編排____　內容____　文／譯筆____　價格____

讀完書後您覺得：

□很有收穫　□有收穫　□收穫不多　□沒收穫

對我們的建議：________________________________

____

____

____

請貼
郵票

11466
台北市內湖區瑞光路 76 巷 65 號 1 樓
秀威資訊科技股份有限公司 收
BOD 數位出版事業部

（請沿線對折寄回，謝謝！）

姓　　名：＿＿＿＿＿＿＿＿　年齡：＿＿＿＿　性別：□女　□男

郵遞區號：□□□□□

地　　址：＿＿＿＿＿＿＿＿＿＿＿＿＿＿＿＿

聯絡電話：(日)＿＿＿＿＿＿＿＿　(夜)＿＿＿＿＿＿＿＿

E-mail：＿＿＿＿＿＿＿＿＿＿＿＿＿＿＿＿